LES NERFS À VIF
(Cape fear)

PRESSES POCKET

Titre original :
The Executionners
Traduit de l'américain par
Irène Dally

Note de l'éditeur

Malgré nos recherches, nous n'avons pas retrouvé le traducteur de ce texte ou ses ayants droit. Il est bien entendu qu'un compte leur est ouvert aux éditions Presses Pocket auxquelles ils peuvent s'adresser.

ISBN 2-266-04781-7

CHAPITRE PREMIER

Étendu sur le dos, sous un soleil brûlant, les yeux clos, Sam Bowden serrait dans sa main droite une bouteille de bière encore fraîche. Il était conscient de la présence de Carol à ses côtés. Jamie et Bucky se poursuivaient dans les buissons sur la colline, derrière la petite plage. Sam savait que très bientôt, Jamie, onze ans, allait envoyer Bucky, six ans, demander « si vraiment ce n'était pas encore l'heure de retourner dans l'eau ». Les autres années, Nancy courait et hurlait avec ses frères. Mais il n'en était pas de même cette année. Elle avait quatorze ans et avait amené un invité qui en avait quinze et répondait au nom de Pike Foster.

Nancy et Pike se rôtissaient au soleil sur le pont du « Sweet Sioux III », auprès d'un transistor qui émettait des sons bizarres.

Sam tentait presque désespérément de se persuader que tout allait pour le mieux dans le meilleur des mondes. C'était leur première expédition de l'année dans l'île. Ils s'y rendraient encore trois ou quatre fois, comme tous les ans, depuis la naissance de Bucky. C'était une ridicule petite île, perdue au milieu du lac, au nord-ouest de New Essex. Il y avait une colline, la plage, et l'eau était assez profonde près du rivage pour s'y baigner.

Par ailleurs rien ne clochait. Leur union était parfaite. Toute la famille était en bonne santé. Depuis 1946, Sam travaillait comme associé dans un cabinet d'avoué. Leur maison, située dans le village de Harper, à une vingtaine de kilomètres de New Essex lui avait peut-être coûté un peu plus cher qu'il n'aurait dû y mettre, mais il se consolait en pensant à la valeur sans cesse croissante des cinq hectares de terrain qui l'entouraient. Ils n'avaient que de maigres économies, mais en revanche, une très forte assurance-vie, qui lui donnait un sentiment de sécurité.

Sam leva la tête, et, sans ouvrir les yeux, finit sa bouteille de bière. Une fois de plus, il se redit qu'il n'y avait pas de quoi s'affoler. Il fallait simplement résoudre ce problème, comme tant d'autres, efficacement et sans délai.

— Eh, dit Carol.

— Quoi?

— Rien. Réveille-toi et regarde-moi.

Il se souleva à moitié sur son coude et lui jeta un coup d'œil appréciateur.

— Tu es très agréable à regarder, tu sais!

Et c'était vrai! Son maillot de bain bleu pâle faisait ressortir sa peau ambrée. Ses cheveux noirs étaient vigoureux et brillants, héritage d'une lointaine ascendance indienne. Ascendance qui avait inspiré le nom des trois bateaux qu'ils avaient eus jusqu'à présent. Elle avait de grands yeux sombres au regard intelligent. Son nez, qu'elle détestait, était busqué, aquilin. Il lui avait toujours plu. On pouvait à la rigueur lui donner ses trente-sept ans en regardant les petites rides au coin de ses yeux ou les veines un peu gonflées de ses mains, mais certainement pas en contemplant son corps long et souple et ses jambes longues et agiles.

— Je ne plaisante pas, dit-elle. C'est très sérieux. Écoute-moi bien.

— Oui.

— Ça a commencé jeudi quand tu es revenu du bureau. Tu avais l'air absent. Et hier c'était la même chose. Et aujourd'hui plus que jamais. En quinze ans de mariage mon bel inconnu, une femme acquiert des antennes.

— Ne me provoque pas. En tout cas ce sont de bien jolies antennes.

— Oh, pas de boniments, Samuel Bowden. Tout à l'heure encore, tu fronçais les sourcils. Et ce n'était pas seulement le soleil. Je sais parfaitement quand quelque chose te tracasse.

— Dans tout New Essex je suis connu sous le nom de Sam le Subtil. Et mon sourire de Joconde...

— S'il te plaît, dit-elle d'une voix changée, et il sentit qu'il allait être obligé de tout lui dire.

Il sortit de la petite glacière une autre bouteille de bière, il l'ouvrit et la lui tendit. Mais elle secoua la tête. Il but une longue gorgée.

— Bon, dit-il. Mais tout d'abord mets-toi dans la tête que je suis bilieux de naissance. Tout va si bien que je deviens superstitieux.

— Je suis là pour partager tes soucis.

— Ou bien te moquer de moi. Je l'espère. Un fait curieux s'est produit jeudi à la sortie du bureau. Mais ce n'est pas là que ça a commencé. Ça a commencé lors d'un voyage à l'étranger dont tu dois te souvenir.

Elle s'en souvenait fort bien. Il n'y avait eu qu'un voyage qui remontait à 1943. Quand le lieutenant Samuel B. Bowden avait fait une croisière prolongée sur le « Comte de Biancamono », réquisitionné par la marine américaine. Il avait finalement atterri à New Delhi.

— Je ne suis pas près de l'oublier, mon ange. Ça a duré si longtemps.

— Ça fait un certain temps que je ne t'ai pas régalé de mes histoires de guerre, mais te souviens-tu de celle de Melbourne? Elle n'était pas particulièrement drôle.

— Vaguement. Il y a eu une escale là-bas, tu t'es trouvé mêlé à une histoire et le bateau est reparti sans toi parce que tu as été obligé de témoigner.

— Oui, dans une affaire de viol. J'avais bu de la bière australienne. Beaucoup trop. J'ai décidé de rentrer à pied jusqu'au bateau pour m'éclaircir les idées. C'était en juin et la nuit était fraîche. Il était deux heures du matin. Je m'étais un peu égaré, quand j'ai entendu une plainte dans une ruelle. J'ai d'abord pensé à un chat. Mais c'était la petite...

Il sentait encore maintenant l'atmosphère particulière de cette nuit-là. La grande ville était déserte, seules quelques lumières brillaient encore. Il sifflotait gaiement une marche militaire qui résonnait dans le silence ambiant. Et brusquement il avait buté sur le groupe qu'ils formaient. Il n'avait pas compris tout de suite. Puis il avait vu ses longues jambes blanches, entendu son gémissement mêlé au souffle haletant de l'agresseur et une rage folle l'avait envahi. Il s'était précipité sur le soldat et avait cogné de toutes ses forces. L'homme s'était mollement agrippé à lui, puis il avait glissé sur le dos et, au grand étonnement de Sam, s'était mis à ronfler. Sam était parti en courant jusqu'à ce qu'il rencontre une patrouille en jeep.

Ils l'avaient traduit devant la cour martiale. La jeune fille avait quatorze ans. Elle était grande pour son âge et assez laide. Son père s'était senti mal pendant la nuit. Elle était partie chercher de l'aide, quand Max Cady, le soldat, complètement ivre, s'était jeté sur elle et l'avait entraînée dans la ruelle.

— Ils ne l'ont pas pendu?

— Non. Mais il s'en est fallu de peu. Il était sergent d'active, avait vingt-cinq ans, dont sept de service et plus de deux cents jours de combat dans les îles. Il était au repos dans un camp près de Melbourne et c'était sa première sortie en ville. Il était saoul perdu. Et elle était tout de même à deux heures du matin dans la rue.

— Ce n'est pas une raison!

— Il a récolté les travaux forcés à perpétuité.

Il se souvenait du sergent à l'audience. Il avait l'air d'une bête, buté, vicieux et inquiétant. Physiquement très fort. Ses cheveux noirs descendaient bas sur son front. La mâchoire et la bouche étaient carrées et lourdes. Il avait des petits yeux enfoncés dans les orbites, comme un singe. Sam se rendait compte de ce que Cady pensait de lui. Un petit lieutenant bien propre. Un beau parleur qui n'avait jamais entendu un vrai coup de feu dans sa vie.

— Sam, que s'est-il passé jeudi? Ils n'ont pas relâché cet homme au moins?

Il soupira.

— On ne me laissera jamais terminer une histoire. Si, il a été relâché.

Il ne s'était pas attendu à revoir Cady. Il l'avait presque oublié. Tellement de choses s'étaient passées depuis. Il était rentré à la maison avec le grade de capitaine. Il s'était bien entendu avec Bill Stecht, son colonel, et celui-ci lui avait proposé de s'associer avec lui. C'est ainsi qu'il était venu s'établir à New Essex.

— C'est donc lui que tu as vu. Comment est-il? Comment a-t-il pu te retrouver?

— Calme-toi. Je ne pense pas que ce soit grave.

Jeudi, en sortant du bureau, je me suis trouvé en face d'un homme qu'il me semblait n'avoir jamais vu auparavant. Il ricanait en me regardant. J'ai pensé qu'il était un peu dérangé. Et...

Bucky arrivait en courant.

— Est-ce qu'on peut y aller maintenant? Est-ce que c'est l'heure?

Sam regarda sa montre.

— Tu aurais déjà pu y être depuis cinq minutes, mon vieux.

— Hé, Jamie ! C'est l'heure!

— Bucky. Attends une minute. Vous n'allez pas plus loin que ce rocher. Ni toi, ni Jamie. Compris?

— Nancy y va bien, elle!

— Quand tu auras passé tes brevets de sauvetage comme elle, tu pourras y aller toi aussi. Et essaie de nager en gardant la tête sous l'eau.

Ils les suivirent des yeux un moment. Nancy et le garçon se levèrent à leur tour. Elle fit un signe de la main à ses parents. Sam la contempla et se sentit soudain vieilli. Elle avait tellement changé en quelques mois. Grâce à Dieu, elle ressemblait à sa mère! Les garçons, eux, tenaient de lui. Des cheveux blond roux, des genoux osseux, des tâches de rousseur, des yeux bleu pâle et de trop grandes dents! Quelle tragédie si sa fille unique avait suivi le même exemple!

— Et c'était bien lui, n'est-ce pas? demanda Carol d'une toute petite voix.

— Oui. J'avais oublié son nom, Max Cady. Il a été amnistié et relâché en septembre dernier. Il a fait treize ans. Je ne l'aurais pas reconnu! Il mesure plus d'un mètre quatre-vingts et il est large et trapu. A moitié chauve et très bronzé. Les yeux et la mâchoire sont toujours les mêmes, mais c'est tout.

— Est-ce qu'il t'a menacé?

— Pas vraiment. Il dominait la situation. Et ça lui plaisait. Il n'a pas cessé de me répéter que je n'étais pas affranchi. Et il ricanait tout le temps. Il m'a suivi au parking. Je suis monté dans la voiture et j'ai mis en marche. A ce moment-là, il a bondi comme un chat et s'est emparé de la clef, et il est resté là, appuyé sur la porte. Il faisait très chaud dans la voiture. J'étouffais littéralement. Je ne savais que faire, je ne pouvais tout de même pas lui arracher la clef.

— Ne pouvais-tu pas sortir et appeler un agent ?

— Bien sûr. Mais ça ne m'a pas paru très digne. Un peu comme de rapporter en classe. Je l'ai donc écouté. Il était très fier de la manière dont il avait retrouvé ma trace. Pendant le procès, quand son avocat m'avait interrogé, il avait retenu que j'avais passé ma licence de droit à l'université de Philadelphie. A peine libéré, il s'est rendu là-bas et a consulté les archives. Et c'est ainsi qu'il a obtenu mon adresse personnelle et celle de mon bureau. Il n'a pas cessé de m'appeler « lieutenant ». Dans sa bouche, cela ressemblait à une insulte. Il m'a dit qu'il avait continuellement pensé à moi pendant ces treize ans, et qu'il était content de voir que j'avais si bien réussi. Il n'aurait pas aimé me trouver dans l'embarras, a-t-il dit.

— Mais que veut-il ?

— Il voulait être sûr que j'avais bien pigé ! Je l'écoutais, en transpirant comme un bœuf et j'ai fini par lui demander la clef. Il me l'a tendue aussitôt. Il voulait aussi m'offrir un cigare. Sa poche en était pleine. D'excellents cigares, disait-il, à deux dollars pièce. Et quand je suis parti : « Mes meilleurs souvenirs à votre femme et vos enfants, lieutenant ! » a-t-il ricané.

— J'en ai la chair de poule !

Sam se demanda s'il devait tout lui dire. Puis, il pensa que cela valait mieux. Elle serait ainsi plus prudente si vraiment la situation s'aggravait. Il lui prit la main :

— Carol, écoute. Ce n'est pas tout. Ce n'est peut-être que le fruit de mon imagination. Je l'espère. Mais c'est ce qui m'a tracassé tellement. Jeudi, je suis resté longtemps avec lui, une demi-heure peut-être. J'ai eu le temps de l'observer. Et plus je l'écoutais, plus je me sentais mal à l'aise. On n'a pas besoin d'être psychiatre pour reconnaître un déséquilibré. Cady est anormal, Carol.

— Mon Dieu !

— J'ai préféré te mettre au courant. Je peux me tromper. Je ne sais pas quel est le terme médical exact. Paranoïaque, je crois. J'ai essayé de lui démontrer sa responsabilité dans cette affaire. Mais il refuse de l'admettre. La petite ? Quand elles sont assez grandes, elles sont en âge d'y passer et de toute façon, c'était une traînée comme toutes les autres. Quant à moi, je ne suis pas à la coule, je ne pige rien. Je crois que c'est le type de soldat d'active qui méprise les officiers. Et il pense que ce qui s'est passé cette nuit-là est parfaitement normal. Je lui ai pris treize ans de sa vie et maintenant je dois payer.

— Mais il ne l'a pas dit, ça ?

— Non, il ne l'a pas dit ! Mais il jouissait de son effet. Il voyait bien que j'étais crispé. Qu'est-ce qu'il y a ?

Les yeux de Carol étaient grands ouverts et elle regardait dans le vague.

— Depuis combien de temps est-il à New Essex ? demanda-t-elle.

— Je ne sais pas. J'ai eu l'impression qu'il était là depuis quelques semaines.

— Est-ce qu'il a une voiture ?

— Je ne sais pas.

— Comment était-il habillé ?

— Un pantalón kaki. Plutôt sale. Une chemise blanche, à manches courtes, pas de chapeau. Pourquoi ?

— Il est arrivé quelque chose, il y a huit jours. Ça n'a peut-être aucun rapport. C'était le matin, les enfants étaient à l'école. J'ai entendu Marilyn aboyer très fort. J'ai d'abord pensé qu'elle avait attrapé une taupe ou quelque chose de ce genre. Et je n'ai pas fait attention, jusqu'au moment où elle a poussé un glapissement strident. Je suis sortie et je l'ai vue qui courait en rond, la queue entre les jambes. Elle regardait du côté de la route. Là, il y avait une vieille voiture grise, arrêtée sur le bas-côté et un homme était assis sur notre mur, en face de la maison. Il était peut-être à cent mètres, aussi ne l'ai-je pas bien vu. Mais j'ai eu l'impression qu'il était assez fort, chauve et qu'il fumait un cigare. Je ne savais que faire. Marilyn est tellement peureuse qu'il a aussi bien pu lui lancer une pierre que simplement faire le geste. Elle aurait aboyé de toute façon. Nous sommes donc rentrées dans la maison et elle s'est immédiatement fourrée sous le canapé du living-room. Je n'étais pas très tranquille. Nous sommes très isolés ici. Il a dû rester un moment et partir, car quand j'ai regardé pour la seconde fois, il n'y avait plus personne. C'est désagréable de penser que c'était peut-être lui.

— Oui, bien sûr. Mais il vaut peut-être mieux regarder les choses en face. Nous devrions vraiment avoir un meilleur chien de garde !

— On ne fait pas de meilleur chien ! Marilyn n'est pas exactement un foudre de guerre, mais c'est un trésor. Regarde-la.

Marylin, réveillée par les cris des garçons, s'était décidée à rentrer dans l'eau elle aussi. C'était un setter feu, avec un beau poil et une ligne élégante. Elle poursuivait les enfants avec de petits jappements joyeux.

— Bon. Maintenant je vais te remonter un peu le moral. Bien que notre cabinet d'affaires s'occupe surtout d'impôts et d'opérations immobilières, j'ai tout de même de bons amis dans la police. Dans notre petite ville, Sam Bowden est honorablement connu et respecté. Hier, j'ai déjeuné avec Charlie Hopper, notre jeune et brillant procureur. Et je lui ai tout raconté.

— Je parie que tu as présenté toute l'histoire comme une chose plutôt drôle.

— Je n'avais pas l'air hagard et mes amis ne tremblaient pas, mais il a tout de même vu que j'étais inquiet. Il ne pense pas que ça puisse poser de problème. Il a pris le nom et le signalement de Cady et il va lancer la police à ses trousses. Ce qui veut dire, je crois, qu'on va lui rendre la vie impossible et lui faire comprendre qu'il est indésirable de manière qu'il quitte la ville pour des régions plus hospitalières.

— Mais comment pourrons-nous être sûrs qu'il est bien parti et qu'il ne va pas revenir en douce ?

— J'aurais préféré que tu ne me poses pas cette question. C'était précisément ce à quoi j'étais en train de penser !

— Pourquoi ne le met-on pas en prison ?

— Pour quel motif ? Tu aimerais bien pouvoir faire cela, n'est-ce pas ? Une juridiction nouvelle ! Emprisonner les gens pour ce qu'ils pourraient faire ! Mon ange, écoute-moi. Je n'ai jamais l'air de prendre la loi au sérieux, mais j'y crois. C'est un édifice démodé, branlant, rempli d'iniquités et parfois je me demande comment notre système de lois arrive à survivre. Mais à la base, c'est une structure parfaitement morale. Elle est basée sur la liberté et l'inviolabilité de chaque citoyen. Et elle a raison bien plus souvent qu'elle n'a tort. On a essayé de la modifier, mais ce vieux monstre refuse de se laisser modifier. Derrière les juges surchargés de travail et les calendriers surchargés de procès, il y a une solide ossature de justice. Et c'est ce que j'aime. Et c'est peut-être l'essence même de ma philosophie de croire que cette affaire doit être résolue dans le cadre de la loi. Si la loi ne suffit pas à nous protéger, alors je révère un mythe et je ferais mieux de me réveiller !

— Je suppose qu'il faut que je te prenne et que je t'aime comme tu es, ou justement parce que tu es comme ça. Mais nous autres femmes, nous sommes plus opportunistes. Je serais parfaitement capable de prendre ce vieux fusil que tu affectionnes tant et de lui tirer dessus, si jamais il a le front de revenir.

— C'est ce que tu crois ! Est-ce que nous autres vieilles choses décrépites allons rejoindre les jeunes dans l'eau ?

— D'accord. Mais ne recommence pas à te payer la tête de Pike. Ça le met dans des états affreux.

— J'essaie seulement de me comporter comme le joyeux père de sa jeune amie !

Ils descendirent vers la plage.

— A l'avenir, Sam, dit Carol, tiens-moi au courant. S'il te plaît.

— Oui. Et calme-toi. C'est uniquement de la superstition de ma part, parce que nous sommes si heureux !

Comme ils entraient dans l'eau, ils virent Nancy grimper sur l'arrière du « Sweet Sioux ». Ses épaules nues étaient couvertes de gouttelettes. Ses hanches efflanquées il n'y avait pas si longtemps commençaient à s'arrondir. Elle prit son élan et plongea impeccablement. Carol saisit le bras de Sam.

— Cette fille! Quel âge avait-elle?

— Quatorze ans.

Il lui prit le poignet et le serra fortement.

— Maintenant, écoute! Ne pense plus à tout cela. Commence tout de suite!

— Mais tu as eu la même pensée!

— Oui, au même moment que toi. Et nous allons tous les deux oublier cette chose écœurante, immédiatement.

Elle lui sourit. Mais son sourire n'était pas le même que d'habitude. Ils se regardèrent longuement dans les yeux, puis se jetèrent à l'eau. Il se mit à nager avec une espèce de fureur. Mais il ne nageait pas assez vite pour échapper à cette vilaine sensation de peur qui venait juste de lui étreindre le cœur.

CHAPITRE II

Le mardi suivant, Sam Bowden était dans son bureau, étudiant un rapport avec un jeune avocat, quand le téléphone sonna. C'était Charlie Hopper qui se trouvait dans le coin et demandait s'il pouvait le recevoir quelques minutes. Sam expédia son travail et envoya le jeune homme lui faire un résumé du rapport. Il demanda à la standardiste d'introduire M. Hopper aussitôt qu'il serait là.

Charlie arriva un instant plus tard et ferma la porte derrière lui. C'était un homme d'une trentaine d'années dont le visage assez laid respirait la bonne humeur. Sous un aspect délibérément indolent, il cachait beaucoup d'énergie et d'ambition. Il s'assit et prit ses cigarettes.

— Des boiseries sombres, des voix feutrées, des dossiers qui remontent au Code d'Hammourabi. Et l'odeur suave de l'argent. On devrait entrer ici sur la pointe des pieds. De temps en temps j'oublie à quel point vous autres fumistes arrivez à donner un aspect respectable à ce genre d'entreprise.

— Vous mourriez d'ennui si vous étiez ici, Charlie. Je passe la moitié de mon temps à tailler des crayons.

Charlie soupira :

— Pourquoi ne vous voit-on plus à la taverne de la Cour, Sam ?

— Je n'ai rien eu à la Cour ces temps-ci. C'est un signe que tout va bien.

— Je sais. J'ai commencé à mettre des bâtons dans les roues de votre copain. Il habite dans une chambre meublée au 211, Jaekel Street, près de la place du Marché. Il est là depuis le 15 mai, et à payé jusqu'à la fin du mois de juin. Nous ne sommes que le 11, il se propose donc de rester un moment. Les registres sont vérifiés assez souvent dans ce coin. Il a une vieille Chevrolet, conduite intérieure, qui date de huit ans. Immatriculée en Virginie. Ils l'ont cueilli dans un bar de Market Street. Le capitaine Mark Dutton dit qu'il n'a pas fait d'histoires. Très doux et patient.

— L'ont-ils laissé partir ?

— Oui. Ou bien ils sont sur le point de le faire. Ils ont vérifié au Kansas et découvert qu'il avait été relâché en septembre dernier. Ils lui ont demandé où il avait eu l'argent et la voiture. Il vient d'une petite ville des collines près de Charleston, en Virginie. Après sa libération, il est retourné là-bas. Son frère travaillait à Charleston et s'occupait de leur maison. Quand Max est revenu, ils l'ont vendue et partagé l'argent. Il lui reste trois mille dollars. Il les a sur lui dans une ceinture spéciale. On a donné le feu vert pour lui à Charleston et à Washington aussi. Les papiers de sa voiture et son permis sont en règle. On a fouillé sa voiture et sa chambre. Il n'a pas de revolver. Aucune charge possible, ils ont été obligés de le relâcher.

— A-t-il dit pourquoi il est venu ici ?

— Il a déclaré que la ville lui plaisait. Dutton s'est occupé de cette affaire comme nous l'avions décidé. Votre nom n'a pas été mentionné. Dutton dit qu'il avait l'air très calme et que ce qu'il disait était très plausible.

— Avez-vous l'impression que Dutton a compris la situation ?

— Je ne sais pas. Je le pense. Il ne tient pas plus que nous à ce que ce genre de personnage se répande dans la ville. Ils vont l'avoir à l'œil. S'il crache sur la chaussée, ça lui coûtera cinquante dollars, s'il va trop vite, il paiera. S'il fait du bruit dans un bar, ils vont l'épingler. A mon avis, il comprendra vite et il s'en ira. Ils le font toujours.

— Charlie, je vous remercie pour tout ce que vous avez fait, mais je n'ai pas l'impression qu'il se laissera intimider.

Hopper écrasa sa cigarette.

— Vous vous sentez fatigué ?

— Peut-être, et peut-être ne vous ai-je pas présenté la situation sous un jour suffisamment dramatique vendredi dernier. Je crois que c'est un psychopathe.

— S'il l'est, Dutton ne l'a pas remarqué. De quoi peut-il être capable à votre avis ?

— Je ne sais pas, je crois qu'il essayera de m'atteindre de la pire manière qui soit. Quand vous avez une femme et trois enfants et que vous habitez la campagne, vous avez le droit d'être légèrement inquiet.

Il raconta à Charlie l'épisode de la voiture arrêtée et de l'homme juché sur le mur. Le fait que Carol se soit souvenue que la voiture était grise le renforçait dans son opinion. C'était Cady.

— Peut-être veut-il simplement vous flanquer une frousse terrible ?

Sam eut un sourire forcé :

— Il y réussit bien, dans ce cas.

— Vous pourriez peut-être essayer autre chose, Sam. Connaissez-vous les gens de Apex?

— Oui, bien sûr. Nous avons souvent affaire à eux.

— Ils ont des filiales partout. Dans certains endroits, c'est assez faiblard mais ici ce n'est pas mal. Je pense à un homme en particulier qui s'appelle Sievers. Il a de bonnes références, a servi au C.I.C. et à la police. C'est un dur. Cela vous coûtera cher, mais ce peut être un bon placement. Connaissez-vous le directeur?

— Anderson? Oui.

— Passez-lui un coup de fil et voyez s'il peut vous donner Sievers.

— Je crois que je vais le faire.

— Avez-vous relevé l'adresse de Cady?

— 211, Jaekel Street, près du marché.

— Bien.

Sievers fit son apparition à seize heures trente. Il s'assit et écouta attentivement le récit de Sam. Il avait une tête carrée, un visage gris et pouvait avoir aussi bien trente-cinq ans que cinquante. Ses cheveux étaient sans couleur et ses yeux grisâtres. Il ne faisait aucun mouvement superflu, était absolument immobile et Sam eut soudain l'impression désagréable qu'il se montrait trop pessimiste.

— M. Anderson vous a donné les tarifs? demanda-t-il d'une voix lointaine.

— Oui et je lui ai promis de lui envoyer un chèque immédiatement.

— Pendant combien de temps désirez-vous que je m'occupe de Cady?

— Je ne sais pas. Je voudrais surtout avoir l'opinion de quelqu'un d'étranger à cette histoire. Pour savoir s'il a l'intention de nuire à ma famille ou à moi-même.

— Je ne suis pas une voyante.

Sam se sentit rougir.

— Je le sais parfaitement et je ne suis pas non plus une femme hystérique, Sievers. J'ai pensé qu'en le surveillant, vous pourrez avoir un indice sur ce qu'il peut avoir envie de faire. Je voudrais savoir s'il traîne autour de ma maison.

— Et s'il le fait ?

— Laissez-lui autant d'avance que vous le jugerez prudent. Ce serait utile d'avoir suffisamment de preuves pour le faire inculper.

— Comment voulez-vous les rapports ?

— Verbalement. Pouvez-vous commencer dès maintenant ?

Sievers haussa les épaules. C'était le premier mouvement qu'il faisait.

— J'ai déjà commencé, dit-il.

La pluie cessa de tomber juste au moment où Sam quittait son bureau. Il sortit de la ville et s'engagea sur la route 18. Il suivit le bord du lac pendant quelques kilomètres et constata qu'on y construisait de plus en plus de maisons. Puis tournant au sud, il se dirigea vers le village de Harper. Leur maison se trouvait un peu en dehors de l'agglomération. Ils avaient cherché longtemps avant de tomber en 1950 sur cette vieille ferme. Et le prix les avait fait hésiter assez longtemps aussi. Ils avaient fait faire plusieurs devis pour savoir ce qu'il leur en coûterait de la faire transformer. Mais dès le début, Carol et lui avaient su qu'ils étaient prix au piège. Ils étaient tombés amoureux de la vieille maison. Elle s'élevait au milieu de cinq hectares de terrain. Il y avait des ormes, des chênes et une rangée de peupliers. Et des fenêtres d'en haut on avait vue sur les collines. L'architecte et l'entrepreneur avaient fait du bon travail. La maison principale était en brique, peinte en blanc et située assez loin de la route. On arrivait par un long chemin qui passait à droite de la maison et continuait derrière jusqu'à ce qu'on appelait encore la « Grange » bien qu'elle servît surtout de garage à la Ford de Sam et à la vaillante et élégante M.G. de Carol. Le premier étage, qui avait été primitivement un grenier à foin, était maintenant le domaine des enfants. Marilyn arrivait, non sans geindre, à grimper le long de l'échelle mais on était obligé de la redescendre, la queue entre les jambes et les yeux exorbités. Sam s'engagea dans l'avenue et se prit à souhaiter pour la première fois d'avoir des voisins plus proches. On voyait bien le haut du toit des Turner et quelques fermes sur le versant éloigné des collines. Mais c'était tout. Le long de la route il y avait de nombreuses maisons, mais toutes très espacées.

Il pénétra dans la grange. Marilyn accourut, frétillante d'aise. Sam la caressa distraitement et faisant le compte des bicyclettes s'aperçut que seul Bucky était à la maison. Cela lui fut désagréable de penser que Nancy et Jamie étaient sur la route. En temps ordinaire ça l'était déjà à cause de la circulation, mais maintenant c'était pire. Il ne voyait pas très bien cependant comment les garder dans les parages de la maison. A mi-chemin Carol vint à sa rencontre et l'embrassa :

— As-tu eu des nouvelles de Charlie ? demanda-t-elle.

— Oui et j'avais l'intention de t'appeler puis j'ai pensé que ça pouvait attendre.

— De bonnes nouvelles ?

— Excellentes. C'est assez long à raconter. (Il la regarda.) Tu es sur ton trente et un aujourd'hui. J'espère que je n'ai pas oublié une invitation à dîner.

— Oh, c'est pour mon moral. Parce que j'étais inquiète. De toute façon, je le fais en général. Tous les magazines féminins vous recommandent de vous faire belle pour votre mari, le soir.

Ils allèrent dans la cuisine. Sam se prépara un verre et l'emporta avec lui en haut pour boire pendant qu'il prendrait sa douche et se changerait. Quand il eut fini, Carol vint s'asseoir sur le bord du lit et l'écouta raconter ses entretiens avec Charlie et Sievers.

— J'aurais tant voulu qu'il fasse quelque chose et qu'ils l'arrêtent. Mais je suis contente pour Sievers. A-t-il l'air... efficace?

— Je ne saurais le dire. Ce n'est pas l'être le plus expansif que j'aie rencontré. Charlie pense qu'il est bien.

— Charlie doit savoir, tu ne crois pas?

— Charlie sait. N'aie pas cet air angoissé, ma chérie. La machine est en marche.

— Est-ce que ça ne va pas être très cher?

— Mais non, mentit-il.

— Oh! cette chemise, je vais la jeter un de ces jours.

Il la boutonna et souriant à Carol, dit :

— Si elle s'en va, je pars aussi.

— Elle est horrible.

— Je sais. Je sais. Où sont les enfants?

— Bucky est dans ma chambre, avec Andy. Ils dessinent un avion, paraît-il. Jamie est chez les Turner, il dîne là-bas. Et Nancy doit revenir du village d'un moment à l'autre.

— Avec qui est-elle?

— Avec Sandra.

Il alla vers le bureau, but une gorgée de son verre, puis le reposa.

Il regarda Carol qui lui sourit :

— Je pense qu'il n'y a rien à faire, mon chéri. Les pionniers étaient déjà comme ça. Ils avaient les Indiens et les bêtes sauvages. C'est exactement ça. Une bête sauvage qui se cache dans les bois près de l'étang.

Il l'embrassa sur le front :

— Bientôt ce sera fini.

— Il vaudrait mieux. Cet après-midi, j'avais faim mais brusquement je n'ai rien pu avaler. J'avais envie de courir à l'école et de les serrer dans mes bras tous les trois. Mais je ne l'ai pas fait. Je suis restée ici à sarcler les mauvaises herbes avec frénésie jusqu'à ce que l'autobus les ait déposés devant la maison.

De la fenêtre il vit arriver Nancy. Elle se retourna et cria quelque chose à quelqu'un qui se trouvait derrière, Sandra probablement. Elle portait un short bleu délavé et une blouse rouge.

— Voilà cette vieille Nancy.

— Elle est, pour employer sa propre expression, dans une rage folle contre Pike. Il y a une nouvelle fille à l'école. Une créature avec des cheveux blond platine. Du coup Pike est devenu un balourd.

— Je suis entièrement d'accord. Pike est un balourd. Voilà quelque chose que je suis content de voir terminé. Il est un peu trop costaud pour un garçon de quinze ans. Et quand j'essayais de lui faire la conversation, il rougissait, roulait des yeux blancs et riait d'un air imbécile.

— Il ne savait pas s'il fallait te prendre au sérieux. C'est tout.

— Il n'y avait rien de particulièrement subtil dans ce que je disais. De toute façon tout mot dépassant deux syllabes le plongeait dans un abîme de perplexité. C'est un produit type de l'ère de la télévision.

Ils descendirent dans la cuisine. Nancy était installée sur le buffet, en train de téléphoner. Elle leur jeta un coup d'œil rempli de morne ennui, posa sa main sur le récepteur et chuchota d'un air excédé :

— Il faut absolument que je travaille.

— Dans ce cas, raccroche, lui dit Sam.

Une cavalcade effrénée ébranla la maison. Bucky, flanquée de Andy, son amie intime, déboucha de l'escalier, en route vers la grange. Ils saluèrent rapidement en passant.

Carol avait ouvert la porte du four et contemplait ce qui se trouvait à l'intérieur avec une expression angoissée et hostile. Carol était une bonne cuisinière, mais particulièrement émotive. Elle avait des conversations avec les ingrédients et les ustensiles et quand quelque chose n'allait pas, ce n'était jamais de sa faute. C'était un acte de rébellion. Les maudites betteraves avaient décidé de brûler ou le stupide poulet s'obstinait à rester dur.

Sam remit de la glace dans son verre et s'assit près de la table pour lire son journal. Avant de commencer il jeta un coup d'œil autour de lui. Carol s'était beaucoup occupée du plan de la cuisine. C'était une très grande pièce. Elle comprenait l'ancienne cuisine, l'office et la réserve. Beaucoup d'acier inoxydable. Un îlot central avec un évier et une cuisinière séparait la partie salle à manger de la partie cuisine. Les placards et tout ce qui était bois étaient en pin foncé. Une grande fenêtre s'ouvrait sur la colline boisée, derrière la grange. Des pots d'étain gradués étaient disposés sur une étagère. Il y avait une petite cheminée à côté de la table à tréteaux. Au début Sam n'avait pas été très emballé. Il ne se sentait pas à l'aise. Beaucoup trop léché, avait-il décrété. Trop couverture de magazine. Mais maintenant il l'aimait beaucoup. C'était devenu la pièce la plus fréquentée de la maison. On n'utilisait plus que très rarement la salle à manger, plus sévère avec ses boiseries blanches et ses murs bleus.

Quand Nancy eut enfin raccroché, Sam lui demanda d'un air faussement indifférent :

— Il paraît que tu as des ennuis?

— Quoi? Oh, cette histoire! Maman t'en a parlé. C'est une fille absolument insipide, toute frisottée, avec de grands yeux de veau. Je la soupçonne de se prendre pour Alice au pays des Merveilles. Les garçons étaient agglutinés comme des mouches autour d'elle. Un spectacle assez écœurant, je dois dire. Et ce pauvre Pike. Il n'a aucune conversation, aussi tout ce qu'il pouvait faire c'était de gonfler ses pectoraux en la fixant stupidement. Je n'en n'ai rien à f...

— Que voilà une ravissante expression pour une jeune fille!

— Oh, tout le monde dit ça maintenant. Il faut vraiment que j'aille travailler. Tout de suite!

— Qu'est-ce que tu as demain? demanda Carol.

— Une compo d'histoire.

— Veux-tu que je t'aide? dit Sam.

— Peut-être plus tard, pour les dates. Je déteste toutes ces vieilles dates stupides.

Il la regarda sortir en soupirant. Un âge si difficile. Mi-femme, mi-enfant. Et quand elle serait devenue tout à fait femme, elle serait bigrement jolie. Et il y aurait d'autres problèmes.

A neuf heures, après avoir couché Bucky, Sam alla retrouver sa fille. Il y avait une pile de disques impressionnante sur son pick-up qui jouait en sourdine. Nancy était installé à son bureau avec un livre et son cahier ouverts. Elle était revêtue de son peignoir éponge rose. Ses cheveux étaient ébouriffés. Elle lui jeta un regard destiné à lui faire comprendre qu'elle était littéralement épuisée.

— Tu es prête ?

— Je croyais. Je vais probablement en oublier la moitié.

Il prit la liste :

— Vous écrivez même les chiffres à la machine ?

— C'est plus net.

— Bien sûr. On ne vous apprend plus à écrire à la main ?

— Il faut que cela soit lisible. C'est ce qu'ils disent.

Il alla s'asseoir sur le lit et écarta le kangourou. Elle avait reçu Sally pour son premier anniversaire. Elle ne mâchait plus ses oreilles. A vrai dire il ne restait plus grand-chose à mâcher.

— Est-ce que nous gardons comme fond sonore le jeune homme qui a des végétations ?

Nancy se pencha et arrêta le tourne-disque.

— Voilà, dit-elle.

Il parcourut la liste. Elle avait oublié cinq dates. Au bout de vingt minutes, elle les savait toutes. Elle était rapide et avait le goût de la compétition. Bucky était comme elle. Jamie plus lent, plus imaginatif.

Il se leva, lui tendit la liste, hésita un instant puis se rassit.

— Section parents, dit-il.

— Je crois avoir une conscience très nette. Pour le moment, du moins.

— C'est le chapitre conseils, ma chérie. Section « inconnus ».

— Je sais. Ne parler à personne. Ne pas monter dans des voitures inconnues. Ne pas se promener seule dans les bois. Et si quelqu'un se conduit d'une manière étrange, fuir à toute jambes.

— C'est un peu différent. Il s'agit d'un homme en particulier. Je ne voulais pas t'en parler, mais je trouve que c'est un peu stupide. C'est quelqu'un qui me déteste.

— Qui te déteste, toi ?

Il se sentit légèrement vexé.

— Ça te paraît donc impossible que quelqu'un déteste ton pauvre vieux père inoffensif ?

— Ce n'est pas ce que je voulais dire. Et pourquoi te déteste-t-il ?

— J'ai témoigné contre lui, il y a assez longtemps. Pendant la guerre. Sans moi, il n'aurait pas été condamné. Il était en prison depuis. On vient de le libérer. Et il est dans les parages. Ta mère et moi avons l'impression qu'il est venu rôder par ici, il y a une quinzaine de jours. Il ne va peut-être rien faire du tout. Mais il faut envisager la possibilité qu'il fasse quelque chose.

— Pourquoi l'avait-on enfermé ?

Il la regarda un moment, soupesant l'étendue de ses connaissances en la matière.

— Pour viol. Il s'agissait d'une fille de ton âge.

— Mince, alors !

— Il n'est pas tout à fait aussi grand que moi. Plutôt de la taille de John Turner et aussi gros que lui mais pas musclé. Il est chauve et très bronzé, avec des dents très blanches, certainement un dentier. Il est pauvrement vêtu et fume des cigares. Tu t'en souviendras ?

— Bien sûr.

— Ne te laisse approcher sous aucun prétexte par un homme répondant à ce signalement.

— Non. Je te le promets. Mince ! C'est drôlement excitant, tu ne trouves pas ?

— Je ne trouve pas que ce soit le mot qui convienne.

— Est-ce que je peux le dire aux garçons?

Il hésita.

— Après tout, pourquoi pas ? Je vais moi aussi en parler à tes frères. Le nom de cet homme est Cady. Max Cady. (Il se leva.) Ne travaille pas trop tard. Tu seras beaucoup plus d'attaque pour ton examen, si tu te couches tôt.

— Oh ! J'ai hâte de pouvoir le dire aux garçons.

Il sourit et lui ébouriffa les cheveux :

— Grosse affaire, hein ! Le « DRAME » fait son apparition dans la vie de Nancy Ann Bowden. Une ombre inquiétante guette cette proie sans défense. Lisez demain la suite des aventures de cette petite fille américaine qui sourit bravement pendant que...

— Arrête !

— Veux-tu que je ferme ta porte?

— Attends. J'ai oublié de te dire quelque chose. J'ai rencontré Jake au village. Il m'a dit qu'il a de la place maintenant et qu'il peut sortir le bateau. Tu sais comment il est ! Alors je lui ai dit d'accord nous pourrions peut-être y travailler ce week-end. J'ai bien fait?

— Tu as très bien fait, ma belle.

Quand il redescendit, Jamie était rentré. Carol l'envoyait se coucher. Sam lui demanda d'attendre un instant.

— Je viens de parler à Nancy au sujet de Cady, dit-il.

Carol se rembrunit.

— Mais ne penses-tu pas... ? Je vois. Oui, je crois que tu as raison, Sam.

— Que se passe-t-il? demanda Jamie.

— Écoute-moi bien, mon vieux, je vais te dire quelque chose et je voudrais que tu t'en souviennes !

Jamie écouta très attentivement. Sam conclut en disant :

— Je vais aussi en parler à Bucky, mais je ne crois pas que ça le trouble beaucoup. Il vit dans un monde à part, chez les Martiens, ou en Spoutnik, de toute façon. Je voudrais donc que vous le surveilliez davantage. Je sais que ce n'est pas très drôle, mais cette fois-ci c'est sérieux. Ce n'est pas un feuilleton à la télévision. Je peux compter sur toi ?

— Oui, papa. Mais pourquoi ne l'arrêtent-ils pas ?

— Il n'a encore rien fait.

— Oui, mais la police a plein de trucs pour le mettre en prison quand même. Par exemple...

— Jamie, je crois que tu devrais aller au lit maintenant.

— Bon, bon. J'y vais.

Quand il fut sorti, Carol demanda :

— Comment Nancy a-t-elle pris la chose ?

— Intelligemment.

— Tu as bien fait de lui dire, Sam.

— Je sais. Mais j'ai l'impression d'être un peu inefficace. Je suis le chef de cette tribu, et je devrais être à même de ficher une frousse de tous les diables à Cady. Mais je ne vois vraiment pas comment le faire. Du moins avec mon physique de rond-de-cuir. Il a l'air d'avoir deux fois plus de muscles que le commun des mortels.

Il y eut un grattement à la porte. Il alla ouvrir ; c'était Marilyn. Elle agita sa queue et lui fit fête, puis se précipita vers son assiette, constata, surprise et peinée, qu'elle était vide et se tourna vers Sam d'un air interrogateur.

— Pas de chance, ma grosse. Tu es à la diète. Aurais-tu oublié, par hasard ?

Elle se rabattit tristement sur son écuelle d'eau, puis rampa jusqu'à son coin, tourna trois fois sur elle-même avant de trouver la position adéquate et finit par se laisser tomber en soupirant. Sam s'accroupit près d'elle et lui tapota l'estomac.

— Il faut que tu retrouves ta ligne, Marilyn. Que tu te débarrasses de ce ventre, ma jolie.

Elle lui coula un œil indifférent, remua poliment la queue, et bâilla ostensiblement.

Il se releva.

— Une grosse bête sauvage ! Épouvantée par les chats, tourmentée par les écureuils. Chaque jour qui commence est un jour difficile pour une poltronne de quatre ans. N'est-ce pas, Marilyn ?

Il retourna dans le living-room et bâilla. Carol le regarda et en fit autant.

— Je vais me coucher, annonça-t-elle.

— Assure-toi que Nancy a bien éteint sa lumière. Je viens tout de suite.

Il alla fermer la porte d'entrée, puis se ravisant, la rouvrit et sortit dans la cour. Il flâna un long moment, marchant dans la direction de la route. L'air était purifié par la pluie et sentait bon le mois de juin et les prémices de l'été. Les étoiles étaient petites, très hautes et brillaient comme si elles venaient d'être fraîchement astiquées. Il entendit le grondement assourdi d'un camion sur la route 18, et tout de suite après un chien aboya au loin. Un moustique siffla dans son oreille et il le chassa de la main.

La nuit était noire et le ciel sans nuages. Le monde était une place immense et l'homme une créature excessivement petite, chétive et vulnérable.

Cady était quelque part dans cette nuit, tapi aux aguets.

Sam écrasa le moustique et retourna vers la maison à travers l'herbe humide, ferma la porte et monta se coucher.

CHAPITRE III

Sievers vint faire son rapport le jeudi matin au bureau. Il s'installa paisiblement à sa manière habituelle et commença à raconter d'une voix morne et monotone sans que son expression changeât tout au long du récit.

— Je l'ai pris en filature à six heures quand il est sorti de chez lui. Il est allé jusqu'à chez Nicholson, au bar, trois blocs plus loin dans Market Street. Il en est ressorti tout seul à sept heures et demie, est retourné chez lui chercher sa voiture, puis est revenu devant chez Nicholson, a stationné en double file et klaxonné. Une femme est sortie. Elle est montée en voiture avec lui. Une grosse blonde qui riait bruyamment. Ils sont repartis jusqu'à la maison meublée, il a garé sa voiture au même endroit que d'habitude. Ils sont entrés ensemble et sont ressortis quarante minutes plus tard. Ils sont remontés dans la voiture et je les ai suivis. Il a commencé à tourner très souvent. Je ne pouvais pas encore dire s'il m'avait repéré, s'il se doutait de quelque chose ou si tout simplement ils cherchaient un endroit pour dîner. J'étais obligé de rester un peu en arrière. Ils sont sortis de la ville par la route 18. Il a pris un chemin où il n'y avait pour ainsi dire pas de circulation. Et il m'a eu en ralentissant beaucoup après un tournant. Il a bien fallu que je le dépasse. Quand j'ai été hors de vue, je me suis arrêté et j'ai éteint mes phares, mais il ne m'a pas redépassé. Ça voulait donc dire que j'étais repéré. J'ai donc rebroussé chemin, mais il y avait trop de directions possibles. Alors je suis retourné chez Nicholson. J'ai découvert qu'il y était tout le temps fourré. Ils le connaissaient sous le nom de Max. La femme est une de ces traînées de Market Street. Bessie McGowan. Pas tout à fait une putain, mais il n'y a pas beaucoup de différence. Il l'a ramenée chez lui vers trois heures du matin. Lui se tenait bien, mais elle il a presque dû la porter. J'ai laissé tomber et j'ai remis ça le lendemain matin à dix heures et demie. Il s'est amené à onze heures et quart, a pris sa voiture et a été jusqu'à une charcuterie. Il a rapporté un grand paquet plein de provisions.

A cinq heures, il l'a raccompagnée chez elle, dans un hôtel miteux de Jefferson Avenue. Il est rentrée avec elle. A sept heures, ils sont ressortis, elle s'était changée. Ils sont retournés chez Nicholson. Et à neuf heures, il est sorti tout seul à pied. Il a marché jusqu'au bord du lac. Il a dû se marrer ferme. Il est rusé, il se tient tout le temps sur ses gardes, et il est très adroit. On dirait qu'il a des yeux derrière la tête. Et il est rapide aussi. Je l'avais perdu, du moins je croyais l'avoir perdu, quand tout à coup il a allumé son damné cigare juste à côté de moi. J'ai presque sauté en l'air. Il m'a bien regardé, puis il m'a dit en ricanant : « Belle nuit pour la chasse, hein ! » Après ça, il est reparti chez Nicholson. Il l'a emmenée dîner dans un restaurant à barbecue, en dehors de la ville, à une dizaine de kilomètres par le lac. Ils ont regagné son garni aux environs de trois heures du matin comme le premier soir et je suppose qu'ils y sont encore. Voilà. Je me suis laissé avoir et je n'ai aucune excuse. Que voulez-vous que je fasse maintenant?

— L'agence ne pourrait-elle pas envoyer quelqu'un d'autre?

— Ce n'est pas pour me faire mousser, M. Bowden, mais je suis le meilleur détective de l'agence et il va repérer mon remplaçant aussi vite sinon plus vite.

— Il y a quelque chose que je ne comprends pas très bien. Au fond qu'est-ce que ça peut faire qu'il vous ait démasqué ? Ne pourriez-vous pas continuer à le surveiller malgré cela?

— Je pourrais vous arranger quelque chose. Trois hommes et trois voitures et une équipe pour prendre le relais, de manière à ne pas le lâcher d'une semelle. Mais il a trop de possibilités de nous rouler. Par exemple, aller au cinéma et sortir par une autre issue. Entrer dans un magasin aussi. Ou encore, quitter un restaurant par la cuisine. Il n'a que l'embarras du choix.

— Qu'est-ce que vous me conseillez, Sievers?

— Laissez tomber. Vous perdez votre argent. Il se doutait qu'il allait être suivi. Il était sur ses gardes. Et il continue à être sur ses gardes. Chaque fois qu'il veut jouer la fille de l'air, il trouve un moyen. Il est très habile.

— Vous ne m'êtes pas d'un grand secours. Vous n'avez pas l'air de comprendre que cet homme me veut du mal. Il est venu ici pour ça. Et il est possible qu'il veuille m'atteindre à travers ma famille. Que feriez-vous à ma place?

Les yeux d'ardoise semblèrent changer de couleur, devenir plus clairs.

— Je le ferais changer d'avis.

— Mais comment?

— Laissez-moi faire. J'ai établi quelques contacts. Il n'y a qu'à l'envoyer à l'hôpital plusieurs fois et il finira bien par comprendre. On peut faire un joli travail sur lui avec une chaîne de bicyclette.

— Mais peut-être n'a-t-il aucune mauvaise intention.

— De cette façon vous serez fixé!

— Je suis désolé, Sievers, peut-être est-ce une faiblesse chez moi, mais je ne crois pas. Je ne peux rien faire qui ne soit dans le cadre de la loi. C'est mon métier. Je crois au déroulement légal des choses.

Sievers se leva :

— C'est votre argent, dit-il. Ce type est une bête sauvage, il faut donc le combattre comme une bête sauvage. C'est ce que moi je ferais. Si jamais vous changez d'avis, faites-moi signe. Cela resterait en dehors de l'agence. Vous ne faites que gaspiller votre argent en me gardant à ses trousses.

Il s'arrêta un instant et regarda Sam, la main posée sur la poignée :

— Il faut que vous envisagiez la chose sous l'angle suivant : Vous avez mis la justice en marche. S'il fait la moindre chose, il est sûr d'être ramassé. Mais là encore, il est possible qu'il s'en fiche royalement!

— Qu'est-ce que ça coûterait, l'équipe?

— Quelque chose comme deux mille dollars par semaine.

Après le départ de Sievers, Sam tenta de se concentrer sur son travail mais son esprit revenait constamment à Cady. Sur le chemin du retour, le jeudi soir, il décida qu'il n'était pas nécessaire de dire à Carol que Sievers n'était plus en fonctions. Ce serait difficile à expliquer et l'inquiéterait inutilement.

Vendredi après-midi, il eut un coup de téléphone de Carol. Au son de sa voix, il comprit que quelque chose n'allait pas.

— Carol, que se passe-t-il? Les enfants?

— Les enfants vont bien, Sam. C'est... C'est cette idiote de chienne.

Sa voix se brisa.

— Peux-tu venir tout de suite. Je t'en prie!

En partant, il s'arrêta dans le bureau de Bill Stetch et lui dit qu'il avait des ennuis à la maison. Leur chien avait été probablement écrasé et il devait rentrer.

Il fonça tout le long du chemin. Le temps était maussade. Carol accourut à sa rencontre, suivie des enfants. Elle était pâle et avait l'air hagard. Nancy était blême elle aussi. Ses yeux étaient rouges et gonflés. Jamie avait la bouche obstinément serrée, mais ses lèvres tremblantes en disaient long. Buckie trébuchait, les poings sur les yeux et hurlait d'une voix si rauque que Sam devina sans peine qu'il devait pleurer depuis longtemps.

Carol se retourna vers les enfants et dit d'une voix cassante :

— Nancy, fais rentrer les garçons, s'il te plaît.

— Mais je voulais...

— S'il te plaît!

Carol employait rarement ce ton avec eux. Ils se dirigèrent vers la maison. Bucky criait toujours. Carol se tourna vers lui et ses yeux se remplirent de larmes.

— Que Dieu me préserve d'une autre demie-heure comme celle que j'ai eue aujourd'hui.

— Que s'est-il passé? Elle a été écrasée? Est-elle morte?

— Elle est morte. Mais elle n'a pas été écrasée. Le docteur Lowney sort d'ici. Il a été merveilleux.

C'était bien calculé. J'ai entendu le bus de l'école s'arrêter puis repartir, et puis j'ai entendu Nancy crier. Je suis sortie en courant comme une folle. D'après ce qu'ils m'ont raconté par la suite, au moment où l'autobus s'arrêtait, Jamie a regardé par la fenêtre et il a vu Marilyn en train d'avaler quelque chose dans la cour. La minute d'après, elle est arrivée en courant pour accueillir les enfants, comme elle le fait d'habitude, et puis elle a commencé à gémir, à courir en rond et à se mordre le flanc. Elle a eu une sorte de convulsion. C'est ce qui a fait peur à Nancy. (Les larmes coulaient sur le visage défait de Carol.) Quand je suis arrivée, elle était déjà agonisante. Je n'ai jamais vu une chose aussi effrayante. Et les trois enfants étaient là et la regardaient. J'ai essayé de l'approcher, mais elle a voulu me mordre. J'ai recommandé aux enfants de ne pas la toucher, et je suis partie en courant téléphoner au docteur Lowney. J'ai regardé par la fenêtre, elle se tordait toujours et les enfants n'étaient pas trop près, alors, je t'ai appelé toi aussi. Elle se roulait par terre en bavant et hurlait d'une manière affreuse. Je ne voulais pas que les enfants restent là, mais ils ne voulaient pas rentrer. A la fin, elle a commencé à s'affaiblir. Le docteur Lowney est arrivé juste avant la fin. Elle est morte quelques instants plus tard. Il l'a emmenée dans sa voiture. Il y a de cela vingt minutes.

— A-t-il dit qu'elle avait été empoisonnée ?

— Il en avait bien l'impression !

— Bon Dieu !

— C'était déjà assez épouvantable de voir ça, mais il fallait encore que les enfants y assistent. Il va y avoir une drôle d'ambiance, ce week-end !

— Peux-tu t'occuper des enfants pendant un moment encore ?

— Où vas-tu ? Chez le vétérinaire ?

— Oui.

— Reviens vite !

Le docteur Lowney était un homme placide, aux cheveux blancs. Il avait de beaux yeux bleus et était d'une fréquentation agréable. Quand Sam entra dans la salle d'attente, il vit Mme Lowney qui lui fit un signe de tête.

— Le docteur voudrait vous voir tout de suite, M. Bowden, il vous demande d'aller le retrouver dans le fond du jardin.

Sam traversa le jardin et quand il fut arrivé sur place, il trouva le docteur Lowney penché sur un établi. Marilyn gisait sur une table de bois tachée, au milieu de la petite pièce. Lowney se tourna vers Sam. Il n'y eut aucun échange de salutations entre eux.

— Je n'ai pas un laboratoire extrêmement perfectionné, mais je suis à peu près certain que c'est de la strychnine et même une énorme dose de strychnine. On la lui a donnée dans de la viande crue. On a probablement incisé un morceau de viande et glissé les cristaux dedans.

Une des oreilles de Marilyn était repliée, Sam la remit en place.

— Je suis tellement furieux, que ça me rend malade !

Lowney passa de l'autre côté de la table et ils contemplèrent tous deux le corps sans vie de la pauvre bête.

— Je n'en vois pas beaucoup comme cela, Dieu merci, et j'ai fait ce métier uniquement parce que j'étais fou des animaux depuis que j'étais tout petit, mais je trouve qu'empoisonner un chien, c'est presque plus lâche et plus vicieux que tuer un être humain. Et c'est écœurant que les enfants aient dû voir ça !

— C'était peut-être le but recherché !
— Que voulez-vous dire ?
— Je ne sais pas. Je ne sais plus ce que je dis !
— Sam ! J'aurais tellement voulu que vous me laissiez faire, quand je voulais lui faire suivre les cours de dressage, l'année dernière !
— Ç'avait l'air si compliqué !
— Elle n'aurait jamais touché à cette viande.
— Nous l'avions mise à la diète. Elle était terriblement quémandeuse. Et elle avait peur de son ombre. Mais c'était un merveilleux chien.
— Il n'y a pas grand-chose à faire, hélas. Même si vous arriviez à découvrir qui l'a fait et prouver que c'est lui. Je suppose que vous ne voulez pas que je la garde ?
— Non. Je voudrais la ramener.
— Et pourquoi ne retournez-vous pas creuser un grand trou et je vous la déposerais après la fermeture ? Je vais l'envelopper dans quelque chose. Ce n'est pas nécessaire que les enfants la revoient. Elle n'est pas si belle à voir.
— Je ne voudrais pas vous ennuyer !
— M'ennuyer ! Allez donc creuser votre trou !

Quand Sam arriva chez lui, il vit que Carol avait réussi à calmer Bucky. Il était installé dans le living-room et regardait la télévision. Son visage était boursouflé et, à intervalles réguliers, il laissait échapper un petit sanglot. Carol était dans la cuisine. Il remarqua avec soulagement qu'elle avait fait disparaître l'écuelle et le coussin de Marilyn.
— Où sont donc Nancy et Jamie ?
— Dans leurs chambres. Est-ce que le docteur Lowney... ?
— C'est de la strychnine.

Ils parlaient d'une voix étouffée. Elle se blottit dans ses bras, il la serra très fort.

— J'ai beau me dire que ce n'était qu'un chien un peu fou. Mais...

— Je sais, Carol.

— Qui a bien pu faire une chose aussi horrible, Sam ?

— C'est difficile à dire. Quelqu'un à l'esprit tordu.

— Mais ce n'est pas comme si elle avait l'habitude de tuer des poulets ou de ravager des parterres de fleurs ! Elle ne sortait qu'avec les enfants.

— Il y a des gens qui n'aiment pas les chiens !

Elle se détourna et essuya ses mains à un torchon, son visage prit une expression farouche et déterminée.

— Tu n'es jamais à la maison quand le bus de l'école arrive. Marilyn connaissait le bruit qu'il faisait en grimpant la côte. Et en quelque endroit qu'elle se trouvât, elle se précipitait pour être là quand il s'arrêtait. N'importe qui, ayant suivi le bus en voiture, aurait remarqué son manège, et la fois suivante, aurait pu précéder le bus et jeter ce morceau de viande empoisonnée à un endroit où elle aurait été sûre de le trouver sur son chemin, vers l'arrêt du bus.

— Ce n'est peut-être qu'une coïncidence.

— Je crois que tu en sais plus que tu ne veux le montrer. Je crois que tu penses la même chose que moi. Je ne suis pas hystérique. Il y a plein de chiens tout le long de Milton Road. Nous habitons ici depuis plus de sept ans et je n'ai jamais entendu dire qu'une chose pareille fût arrivée. Et la première fois que ça arrive, il s'agit de notre chien ! Pourquoi ?

— Écoute, Carol...

— Il n'y a pas d'écoute Carol qui tienne. Nous pensons tous les deux à la même chose et tu le sais bien ! Où se trouvait donc cet extraordinaire détective privé ?

Sam poussa un soupir.

— Bon. Il n'est plus en fonctions.

— Quand a-t-il arrêté ?

— Mercredi soir.

— Et pourquoi s'est-il arrêté ?

Il lui donna les arguments de Sievers. Elle l'écouta intensément, sans expression, en continuant à s'essuyer machinalement les mains à la serviette.

— Et quand as-tu appris tout ça ?

— Hier matin.

— Et tu ne m'as absolument rien dit hier soir. J'étais tranquille, j'en étais arrivée à croire que tout allait très bien. Que tu avais tout arrangé. Je ne suis ni une enfant ni une idiote et je n'aime pas me sentir protégée à tout prix.

— J'aurais dû te le dire, je suis désolé.

— Bien, et maintenant ce Cady peut rôder autour de la maison selon son bon plaisir, empoisonner notre chien et se frayer un chemin vers nos enfants. Par lequel crois-tu qu'il commencera ? Le plus âgé ou le plus jeune ?

— Carol ! Je t'en prie.

— Je suis une femme hystérique ? Tu as absolument raison. C'est ce que je suis !

— Nous n'avons aucune preuve que c'est Cady !

Elle jeta son torchon dans l'évier.

— Écoute-moi bien ! Moi, j'ai la preuve que c'est lui. Je le sens. Ce n'est pas le genre de preuve que tu aimes. Pas d'évidence. Pas de témoignage. Rien de légal. Je le sais. C'est tout. Quel genre d'homme es-tu donc ? Il s'agit de ta famille. Marilyn faisait partie de ta famille. Vas-tu examiner tous les attendus et préparer une conclusion ?

— Tu ne sais pas combien...

— Je ne sais rien du tout. Tout ceci est arrivé à cause de quelque chose que tu as fait il y a très longtemps.

— Quelque chose que je me devais de faire !

— Je ne dis pas une seconde que tu n'aurais pas dû le faire. Mais tu dis que cet homme te déteste. Tu ne penses pas qu'il soit normal. Alors fais quelque chose à son sujet !

Elle s'était rapprochée de lui et le regardait presque sauvagement. Puis son visage s'affaissa et elle fut dans ses bras de nouveau, tremblant convulsivement. Il la serra très fort contre lui, puis la fit asseoir à la table et vint près d'elle en lui prenant la main. Elle eut un pauvre sourire.

— Je méprise les créatures larmoyantes, dit-elle.

— Tu as toutes les raisons du monde d'être bouleversée, mon ange. Je sais ce que tu ressens. Et je sais aussi que tu as raison de te plaindre. Je fournis la nourriture, les vêtements et l'abri. C'est une manière d'être civilisée. Il serait mille fois plus facile de s'occuper de Cady à une époque plus primitive ou dans une contrée aux mœurs plus rudes. J'appartiens à la société, lui est un intrus. Rien de plus simple, je rassemble les miens et nous le tuons. J'aimerais beaucoup le tuer, je serais même capable de le faire. Tu réagis d'une façon primaire. Tu penses que je devrais faire ce que ton instinct te suggère. Mais ta logique devrait te démontrer que c'est impossible. On me mettrait en prison.

— Je... je sais...

— Tu voudrais que je sois efficace et décidé. C'est exactement ce que je me propose d'être. Je ne pense pas que je puisse l'effrayer suffisamment pour qu'il s'en aille. Mais il y a deux choses auxquelles je pense. Voir le Capitaine Dutton lundi et me rendre compte s'il peut m'aider de la manière promise par Charlie. Et si ça n'a pas l'air de marcher, eh bien, nous disparaîtrons de son champ d'action.

— Mais comment?

— L'école finit la semaine prochaine.

— Oui. Mercredi est le dernier jour.

— Tu peux partir avec les enfants et chercher un endroit agréable pour vous reposer et me téléphoner au bureau quand vous l'aurez trouvé.

— Mais ne crois-tu pas... ?

— Nous pouvons fermer la maison. J'irais à l'hôtel. Je serais très prudent. De toute façon je ne pense pas que cette histoire dure très longtemps.

— Mais jusqu'à ce moment-là?

— Je ne suis sûr de rien. Mais je crois que j'ai une idée sur la manière dont son cerveau fonctionne. Il ne va pas foncer. Il va nous laisser tout le temps voulu pour ressasser ce qui vient de se passer.

— De toute façon, nous pourrions prendre des précautions, en attendant.

— La semaine prochaine je prendrai la MG. Tu pourras conduire les enfants à l'école dans la station-wagon et aller les chercher de même. Je donnerai des ordres pour qu'ils restent sur place en t'attendant. Et demain tu t'exerceras à la carabine avec les Woodsman.

Elle lui prit la main.

— Je regrette de m'être laissée aller. Je n'aurais pas dû. Je sais que tu fais l'impossible, Sam.

— Maintenant, il faut que j'aille creuser un trou pour Marilyn. Le docteur Lowney va la déposer ici. As-tu une idée d'un endroit?

— Que penserais-tu de ce talus derrière la grange, près du peuplier ? C'est là qu'ils avaient enterré l'oiseau la dernière fois.

— Je vais me changer.

Il mit un vieux pantalon tout taché de peinture et la chemise honnie par Carol. Il savait que Carol avait raison. Son instinct lui soufflait que Cady avait empoisonné le chien. Il s'étonnait d'accepter cette pensée, reposant sur si peu d'évidence. C'était absolument contraire à sa formation, à son habitude.

Il jeta un coup d'œil dans la chambre de Jamie en passant. La vieille radio réparée avec du scotch était allumée et Jamie était vautré sur son lit, plongé dans un catalogue d'armes à feu. Il leva les yeux sur son père.

— C'était bien du poison, n'est-ce pas?

— Oui.

— Et c'est cet homme qui nous déteste, qui a fait ça?

— Nous ne savons pas qui, Jamie. Veux-tu me donner un coup de main pour creuser un trou pour Marilyn?

— D'accord!

Ils allèrent prendre une bêche dans la grange. Un petit tas de pierres soutenait la minuscule croix qui surmontait la tombe d'Elvis, la défunte perruche. Elvis avait été laissée en liberté dans la maison et son vocabulaire se montait à deux mots, quand Bucky, alors âgé de quatre ans, avait marché dessus. Le sentiment de culpabilité et le désespoir de Bucky avaient duré si longtemps qu'ils avaient commencé à s'inquiéter sérieusement à son sujet.

Ils travaillèrent en silence, côte à côte, puis chacun à leur tour. Vers la soirée, le docteur Lowney arriva. Il avait enveloppé le corps de la chienne dans une vieille couverture kaki. Sam la prit dans la voiture et alla la porter dans le trou. Elle était très lourde. Il la recouvrit rapidement et arrondit le monticule avec la pelle. Le vétérinaire refusa de prendre un verre et repartit chez lui.

Le dîner fut particulièrement morne. Tout en mangeant, Sam parla des nouvelles règles de sécurité. Il s'était attendu à quelques objections de la part des enfants. Mais ils ne bronchèrent pas et ne firent aucun commentaire.

Après qu'ils furent montés se coucher, Sam et Carol restèrent dans le living-room.

— C'est tellement dur pour eux, dit Carol, surtout pour Bucky. Il avait deux ans quand nous l'avons eue, et d'une certaine manière c'était sa chienne à lui.

— Je vais les faire travailler au bateau demain. Ça leur changera les idées.

— Et le tir à la cible?

— Tu as l'air intéressée tout à coup! La dernière fois, il avait presque fallu te traîner.

— C'est que je n'en voyais pas tellement l'utilité.

Ils lurent pendant un moment. Mais Sam n'arrivait pas à rester en place. Il se leva et alla regarder par la fenêtre. Un orage rôdait, et on entendait gronder le tonnerre dans le lointain. Ça avait l'air de venir du nord, de derrière le lac.

— Nous étions dans un cercle enchanté, dit Carol.

Il se retourna vers elle.

— Je sais ce que tu veux dire!

— Les intouchables. Rien ne pouvait nous arriver. Et quelque chose est venu de l'obscurité et a attaqué l'un de nous. Le charme n'opère plus.

— La vie est une chose extrêmement périlleuse.

— Laisse-moi mes ridicules superstitions. Nous avions un merveilleux petit paradis!

— Nous l'aurons de nouveau!

— Ce ne sera plus la même chose!

— Tu as eu une journée très dure.

Elle se leva et s'étira.

— Si dure que je vais y mettre fin tout de suite. Je monte me coucher.

Le tonnerre gronda de nouveau, plus près.

— Il faut fermer la maison, dit-elle.

— Je m'en occupe. Monte vite. Je te rejoins.

Après son départ, il resta un moment derrière la maison et regarda le ciel. Des lueurs roses s'allumaient au-dessous de la ligne d'horizon. Ç'aurait été évidemment beaucoup mieux pour eux tous, si Marilyn avait été un noble et brave animal. Mais ç'avait été une créature si désarmante, si sensible et si craintive, hurlant à la plus petite douleur. C'était comme si tout ce qu'elle craignait était devenu vrai, comme si elle avait toujours su ce qui allait lui arriver.

CHAPITRE IV

Les cinq Bowden se retrouvèrent, pour une fois, tous ensemble pour le petit déjeuner. Ils discutèrent de la violence de l'orage qui avait éclaté en pleine nuit. Jamie et Bucky n'avaient rien entendu du tout. Nancy raconta que, réveillée par le bruit, elle avait passé sa robe de chambre et s'était installée à sa fenêtre pour regarder. Carol, elle, terrorisée et craignant d'allumer, s'était glissée dans le lit de Sam et s'était pelotonnée contre lui pour calmer sa peur. Mais cela, ils le passèrent sous silence l'un et l'autre. Personne ne parla de Marilyn. Mais Bucky avait des cernes creux sous les yeux.

— Appel à tous les Bowden, dit Sam; voici le programme. Nancy va aider sa mère à faire les lits et nettoyer la cuisine pendant que les garçons vont ramasser tout ce qu'il faut pour le bateau et le charger dans la station-wagon. Ensuite, nous ferons un peu de tir à la cible. Jamie, tu es chargé d'accrocher les bidons. Après, nous nous mettrons au travail sur le bateau.

Le champ de tir était à mi-chemin de la jolie petite colline derrière la maison. Jamie sortit une demi-douzaine de bidons vides du débarras, les attacha avec une corde et les suspendit à une grosse branche d'un érable rouge. Ils liquidèrent une boîte et demie de balles avec le 22 automatique. Sam et Nancy étaient les meilleurs tireurs. Jamie, comme d'habitude, devenait furieux chaque fois que Nancy le surpassait. Carol fut meilleure qu'à l'accoutumée. Elle n'essaya pas de passer son tour et écouta avec un maximum d'attention les conseils de Sam. Celui-ci, debout derrière elle, un peu en retrait, voyait la ligne de sa mâchoire et le froncement de sourcils qui indiquait la concentration. Les enfants étaient plus calmes que d'habitude. C'était un jeu auquel ils avaient joué souvent et aujourd'hui, ce n'était plus un jeu. Ça lui conférait du même coup une saveur particulière dont ils étaient tous conscients.

Quand le dernier tour de Bucky arriva, il atteignit trois des bidons avec un chargeur de huit balles. Il devint rouge écarlate de fierté quand on le félicita.

— Est-ce que j'enlève les bidons maintenant? demanda Jamie.

— Laissez-les donc, nous nous exercerons peut-être demain, si nous avons fini le bateau.

— Et leurs devoirs, quand les feront-ils?

— Ce soir et demain soir, répondit Sam.

— Je devais aller au « drive-in[1] » ce soir, se lamenta Nancy.

— Aurais-tu déjà oublié les nouveaux règlements? demanda son père.

— Pas du tout, papa, mais j'avais promis depuis longtemps!

— Et qui donc a une voiture pour t'emmener au « drive-in »?

1. *Drive-in :* Cinéma de plein air.

— Il s'appelle Tommy Kent. C'est un senior et il a dix-huit ans. Il peut donc conduire la nuit. Et c'est un rendez-vous double en somme, parce que Sandra vient aussi avec Bobby.

— Est-ce que c'est la famille qui a le magasin de meubles ? demanda Carol.

— Oui. Et ce sera très bien, je t'assure. Ils passent me prendre ici et ils me ramèneront tout de suite après la séance. C'est un film avec John Wayne. Je voulais t'en parler vendredi, mais... j'ai oublié à cause de Marilyn. Est-ce que je peux y aller, s'il te plaît, juste cette fois-ci ?

Sam regarda Carol et la vit incliner presque imperceptiblement la tête.

— Bon. D'accord. Mais seulement cette fois. Et au fait, ton examen d'histoire ? Comment s'est-il passé ?

— Très bien, je crois.

— Vous, les enfants, allez vous préparer. Nous allons au chantier de bateaux, tout de suite !

Ils descendirent la colline en courant. Sam et Carol suivirent à une allure moins rapide.

— Tu m'as contré !

— Je sais, mais je crois que ça se passera bien. Et tu ne peux pas t'imaginer combien de fois j'ai entendu parler de Tommy Kent, Tommy Kent par-ci, Tommy Kent par-là ! Avant et après la période Pike Foster. C'est une grande figure de l'école. Un très bon athlète. C'est un privilège très envié pour une junior que de sortir avec lui.

— Je veux bien le croire. Mais j'apprécierais assez qu'elle abandonne définitivement le genre tout dans les muscles, rien dans la tête !

— Celui-ci est loin d'être aussi navrant que le pauvre Pike. Il m'a fait très bonne impression. Il a l'air très équilibré.

— Il est probablement trop bien équilibré. Trop blasé pour Nancy. Bon sang ! Elle a seulement quatorze ans. Je ne veux pas qu'elle prenne l'habitude de courir la nuit et d'aller à ces « drive-in ». Je ne sais plus comment on les appelle ! Et on fait de lourdes plaisanteries, en disant que les spectateurs ne voient jamais le film !

— Essaie de ne pas trop jouer le père classique, mon chéri. Si nous n'avons pas d'ores et déjà inculqué de bons principes à Nancy, c'est trop tard pour commencer. Elle a presque quinze ans. Sandra sera là aussi. Et ce ne sont pas deux garçons, même déterminés, qui réussiront à les séparer. Il va probablement l'embrasser.

— Ça me rend malade, rien que d'y penser !

— Du courage, mon chéri. Elle est parfaitement en sécurité et de toute façon, ça vaut mieux que de la voir promener son vague à l'âme. La défection de Pike a porté un rude coup à son moral ! Et ce rendez-vous remet les choses en place.

— En plus, cette sacrée voiture sera probablement sans freins, avec des pneus plus qu'usés, et pratiquement pas de lumières !

— Il se trouve que c'est une conduite intérieure Plymouth flambant neuve.

— J'avais oublié la hausse des prix sur les meubles ! Que fait donc Jamie ?

Jamie s'était laissé distancer par les autres. Il était debout devant la tombe de Marilyn et les attendait. Il dit avec véhémence :

— Nous allons lui construire un beau mausolée en marbre avec son nom gravé dessus et les dates.

— Nous ferons sûrement quelque chose, dit Sam. Mais ne crois-tu pas qu'un monument de marbre serait un peu prétentieux ?

— Que veux-tu dire ?

— Il faut que ce soit plus simple. Je parie qu'en explorant le lit de la rivière, toi et Mike arriveriez à trouver une belle pierre plate. Et nous pourrions graver son nom dessus.

Voyant que Jamie avait l'air hésitant, Carol se hâta d'ajouter :

— Je crois vraiment que ce sera très joli, mon chéri.

Jamie soupira :

— D'accord, fit-il. (Puis il enchaîna, rêveur :) On pourrait découvrir où il mange, se faufiler dans la cuisine et mettre quelque chose dans sa nourriture ; et puis on regarderait par la porte de la cuisine, dans le restaurant et il serait en train de se rouler par terre en renversant toutes les tables, et tout le monde hurlerait jusqu'à ce qu'il soit tout à fait mort.

— Ce pantalon est beaucoup trop bien pour travailler au bureau, intervint Carol en le poussant gentiment. Cours vite à la maison et va mettre tes plus vieux jeans.

— Ceux que tu disais trop usés pour les raccommoder ?

— Par exemple.

Il partit en courant.

— Quelquefois, Jamie m'inquiète, dit-elle, son imagination est toujours en action et il lui arrive de dire des choses un peu révoltantes. Je parle en général, bien sûr !

— A onze ans, on n'est pas très civilisé, gratte la fine couche de vernis et tu trouveras un vrai sauvage.

— Monsieur, vous parlez de mon enfant bien-aimé !

— Rassure-toi, en temps de guerre, ce sont eux qui survivent. Et ceux qui sont plus âgés, et ont été adoucis par les principes moraux, périssent.

— Quelquefois tu es d'une objectivité un peu ridicule ! Je pense à Jamie, il a des idées si farouches !

— A propos d'idées farouches, peux-tu t'arranger pour avoir un revolver prêt à servir, sur toi, sans qu'on le remarque ?

— Je le pense, en le mettant dans mon grand sac en paille.

— Je ne voudrais pas que tu trouves ça trop mélodramatique !

— Laisse-moi tranquille. C'est une arme à feu, ça tire. Et je ne suis pas le moins du monde dégoûtée. Tu m'as montré comment fonctionne la sécurité. Il sera toujours chargé. On menace ma progéniture et je suis en train de devenir aussi sauvage que Jamie. Pendant que je m'exerçais tout à l'heure, je me suis demandé si je pourrais viser un être humain, appuyer sur la détente et ne pas flancher. J'ai pensé à Marilyn et maintenant je sais que je peux.

— Tu m'impressionnes vraiment !

En échangeant le « Sweet Sioux II » contre le « Sweet Sioux III », les Bowden s'étaient inscrits au Yacht Club de New Essex. Mais l'année d'après, écœurés par l'atmosphère snob de l'endroit, ils avaient résilié leur inscription. Les cotisations étaient très chères, la vie sociale très intense et malgré les couches de peinture successives, le « Sweet Sioux » avait l'air d'une femme de ménage endimanchée parmi la merveilleuse flottille en bois de teck, acajou, chrome et cuivres étincelants. Surpris et charmés de voir que l'autre était de son avis, les conjoints avaient donc résolu de quitter cet endroit si peu conforme à leurs goûts. Ils étaient devenus membres du Yacht Club de Harper, qui était beaucoup plus près et avait infiniment moins de prétentions. Le bâtiment baptisé Club House ressemblait beaucoup plus à une cahute qu'à autre chose. Le bassin était petit et surpeuplé. Le chantier de Jake Barnes était tout près. Il vendait des bateaux, de l'essence, de l'huile, des accessoires, des articles de pêche et de la bière fraîche. Lui-même était un homme gras et ensommeillé, qui avait hérité de l'affaire à la mort de son père. C'était un artisan honnête, mais paresseux comme une couleuvre. Il avait des rails branlants sur lesquels il était capable de hisser n'importe quoi. Il était très calé en moteurs de bateaux et de hors-bords, et si on insistait beaucoup, pouvait effectuer une réparation importante sur une coque. Son chantier était un mélange indescriptible de bois, de ferraille rouillée, de bidons vides et de coques de bateau pourries.

La plupart des membres du Harper's Boat Club étaient de fervents bricoleurs, ce qui plaisait beaucoup à Jake. Il semblait très heureux quand il pouvait s'installer en maillot de corps sale et pantalon de toile dégoûtant, à boire une bière bien fraîche, et contempler sa clientèle en train de travailler sur les bateaux. Tous les enfants des membres du club adoraient Jake. Il leur racontait des mensonges énormes sur ses prétendues aventures.

Sam et Carol s'amusaient beaucoup plus ici; l'ambiance était plus jeune.

Sam gara la voiture dans l'arrière-cour du chantier de Jake et sortit les différentes choses qu'ils avaient apportées. Du papier de verre, le matériel de calfatage et le produit pour calfater, de la peinture spéciale pour la coque et pour le pont et du vernis.

Jake, une bouteille de bière dans sa grosse main sale, s'avança pour les accueillir.

— Bonjour, Sam. Comment allez-vous, Mme Bowden ? Salut les enfants !

— Vous avez sorti le bateau ? demanda Nancy.

— Bien sûr que je l'ai sorti. Il est là au fond. Il faut travailler un peu dessus. Je l'ai examiné hier. Je voudrais vous montrer quelque chose, Sam.

Ils descendirent vers le « Sweet Sioux ». Hors de l'eau, il paraissait deux fois plus grand et au moins une fois et demie plus laid. Jake prit le temps de finir sa bière, jeta la bouteille, sortit un canif, l'ouvrit et introduisit la lame dans le bout de la quille. La lame pénétra avec une facilité inquiétante, Jake se redressa et jeta un coup d'œil à Sam.

— C'est pourri ?

— Un peu. Les derniers quatre-vingts centimètres de la quille.

— Est-ce dangereux ?

— A mon avis, un type qui laisserait ça comme ça pendant trop longtemps risquerait d'avoir des ennuis.

— Faut-il faire quelque chose tout de suite ?

— Non. A mon avis, ça peut attendre le mois d'octobre, quand je l'aurai remonté. Comme ça vous pourrez en profiter tout l'été. Maintenant, venez par ici, je vais vous montrer la voie d'eau. Là ! Vous voyez. Le bordage est légèrement fendu. L'eau entre très facilement à cet endroit !

— Est-ce que ce n'est pas un peu trop important pour qu'on le calfate ?

Jake se baissa et prit un morceau de bois sous le bateau.

— J'ai taillé ce bout de bois, dit-il, et ça a l'air d'aller au poil. J'allais l'enduire de colle et le mettre en place, mais je n'ai pas eu le temps encore. Je crois que vous êtes tout à fait capable de faire ça, Sam. Je vais vous montrer où est la colle. Et je veux vous voir travailler aujourd'hui, les enfants. Ne te sauve pas comme la dernière fois, Bucky. Tu vas poncer et tu vas voir comme tes muscles vont pousser ! As-tu amené cette vieille Marilyn pour te donner un coup de main ?... Qu'y a-t-il ? Qu'est-ce que j'ai dit de mal ?

— Allons chercher cette colle, dit Sam.

Et sur le chemin du hangar, il raconta à Jake l'histoire du chien. Jake cracha par terre, en signe de dégoût.

— Il faut être un sacré enfant de salaud pour empoisonner un chien.

— C'est bien mon avis.

— Dans le temps, il y avait un type ici, bien avant que vous veniez, quand mon père était encore vivant. Il y a des gens qui disent que les poissons ne sentent rien. Qu'ils ont le sang froid, etc. Mais ce type avait pris l'habitude de venir nettoyer son poisson ici. Il les sortait vivants du vivier et les écaillait et les détaillait en filets pendant qu'ils frétillaient encore. On avait l'impression que ça le faisait jouir. Nous avons fini par le flanquer dehors. Il y a des tordus tout de même. Quelle pitié pour ces gosses ! Tenez, voilà la colle. Servez-vous du maillet en caoutchouc et surtout n'allez pas trop vite. A petits coups réguliers. J'y pense, la chienne setter de Don Langly vient d'avoir une portée. Elle avait encore fait des siennes. Don pense que cette fois le père est un chow-chow. Mais les petits sont adorables. Il essaye de les caser dès qu'ils seront sevrés.

— Merci, Jake. Peut-être plus tard, on verra.

— Quelquefois ce n'est pas mal d'en reprendre un tout de suite après. Un peu de colle. Étalez-la bien et essuyez le surplus.

Après que sa famille l'eut regardé enfoncer son

morceau de bois, Sam distribua le travail et tout le monde se mit à poncer. Le soleil était brûlant et le travail très fatiguant. Au bout d'une demi-heure, Sam enleva sa chemise et la pendit sur un piquet. La brise légère qui soufflait du lac rafraîchit son dos nu. Bucky était inhabituellement grave et appliqué.

Quand Gil Burman arriva, Sam en profita pour accorder une récréation. Jamie et Bucky se précipitèrent, un dollar en main, acheter deux bières et trois Coca-Cola.

— Vous avez tout ce petit monde bien en main, dit Gil.

Gil était le vice-président de la banque de New Essex. Il était venu s'installer à Harper, il y avait de cela un an. C'était un homme d'une quarantaine d'années, grand, aux cheveux prématurément blanchis. Sam et Carol l'aimaient beaucoup, ainsi que son épouse, Betty, une rousse enjouée et tête en l'air.

— C'est un véritable négrier, dit Carol.

— Oh ! Au fait, Carol, Betty vous a-t-elle parlé de vendredi ?

— Non. Pas encore. Pourquoi ?

— Nous recevons les amis ! Une soirée birmane ! Quelque chose de grandiose. Le whisky coulera à flots. Et il y aura des batailles rangées entre familles, après. Nous sommes obligés de le faire pour des gens sans intérêt, et nous voulons être soutenus dans cette épreuve par tous nos amis !

Carol jeta un coup d'œil rapide à Sam.

— Nous aimerions tellement venir, dit-elle, mais il y aura peut-être un empêchement. Il est possible que je ne sois pas en ville à ce moment-là... est-ce que je pourrais le dire à Betty un peu plus tard ?

— A la dernière minute, si vous voulez. C'est une très grande soirée, je vous dis !

Les garçons revinrent avec les Coca-Cola et la bière. Sam s'éloigna un instant pour parler affaires avec Gil. Pendant qu'ils discutaient, il observait sa famille. Ils s'étaient remis à travailler sous l'impulsion de Carol. Nancy portait un short rouge très court et complètement passé et un soutien-gorge jaune. Elle avait de longues jambes, minces et bronzées, joliment galbées. Elle tenait la toile émeri à deux mains et tournait sa taille souple en cadence. Les jeunes muscles lisses se contractaient et s'allongeaient sous la peau brillante de son dos. Après le départ de Gil, il se remit à la tâche avec application et à une heure, Carol annonça qu'il était l'heure du déjeuner. Ils allaient rentrer à la maison, manger et revenir. A ce moment-là, Nancy laissa tomber d'un air détaché qu'elle avait vaguement dit à Tommy Kent qu'ils seraient là et qu'il était possible qu'il passe, aussi s'ils n'y voyaient pas d'inconvénients, elle resterait là et continuerait à travailler. Ne pourraient-ils pas lui rapporter un sandwich, s'il vous plaît ?

Sam alla conduire Carol et les garçons à la maison. Mike Turner était assis sur les marches, attendant Jamie. Carol prépara de substantiels sandwiches et un gigantesque pichet de thé glacé. Tout en enveloppant la part de Nancy, elle dit à Sam :

— Tu es très pressé de retourner là-bas?

— Je voudrais bien finir de peindre cette coque avant la nuit!

— Je vais coucher Bucky. Il va pousser des hurlements, mais il est mort de fatigue et il va s'endormir dans dix secondes. Alors, pars devant et je te rejoindrai avec les garçons dans une heure.

Il prit la MG et repartit vers le chantier. Il contourna le hangar avec un petit paquet de sandwiches et une Thermos de thé à la main. Nancy était accroupie sur ses talons et ponçait le bas de la coque. Elle lui sourit.

— Pas de prince charmant en vue?

— Pas encore! Et personne n'emploie plus cette expression, papa!

— Ah bon! Et que dit-on, alors?

— Je ne sais pas... Le jules par exemple!

— Seigneur!

— Si tu veux bien poser tout ça, je voudrais d'abord finir ce que je fais.

Il alla poser les sandwiches et la Thermos sur une planche. Il commença à déboutonner sa chemise. Ce faisant, il tournait le dos à Nancy. Il s'arrêta soudain, paralysé, les doigts sur le dernier bouton. A quelques mètres de lui, Max Cady était nonchalamment assis sur un tas de bois. Il était vêtu d'une chemise de sport en tricot jaune et d'un pantalon d'une horrible nuance bleu électrique, au pli impeccable. Il tenait à la main une bouteille de bière et un cigare et souriait à Sam.

Sam marcha vers lui. Les quelques mètres lui semblèrent une éternité. Le sourire de Cady resta immuable.

— Que faites-vous ici? demanda Sam, essayant de ne pas élever la voix.

— Eh bien! Je bois une bière, lieutenant, et je fume ce cigare!

— Je ne veux pas vous voir traîner par ici!

Cady prit l'air amusé.

— Je pensais louer un bateau. Et je n'ai pas pêché depuis que j'étais gosse. Est-ce qu'il y a du poisson dans le lac?

— Qu'est-ce que vous voulez?

— C'est votre bateau, hein? (Il esquissa un geste avec son cigare et cligna de l'œil d'une façon obscène.) Jolies lignes, lieutenant!

Sam regarda derrière lui et vit Nancy toujours accroupie, son short rouge serré à craquer sur ses hanches d'adolescente.

— Bon Dieu! Cady, je...

— Un homme qui a une belle famille et un bateau, et un métier qui lui permet de prendre des vacances quand il en a envie, a bien de la chance. Aller sur le lac et se balader comme on veut, quand on est enfermé, c'est le genre de choses auxquelles on pense. Vous savez, comme quand on rêve.

— Qu'est-ce que vous cherchez?

Les petits yeux enfoncés changèrent d'expression, mais le sourire resta le même.

— Nous étions presque à égalité en 43, lieutenant. Vous aviez reçu une bonne éducation et un grade, mais nous avions tous les deux une femme et un enfant. Vous saviez ça?

— Je me souviens d'avoir entendu que vous étiez marié.

— Je me suis marié quand j'avais vingt ans. Le gosse en avait quatre quand vous m'avez fait enfermer. Je l'avais vu pour la dernière fois quand il avait quelques semaines. Mary m'a laissé choir quand j'ai été condamné à vie. Elle n'est même jamais venue me voir. Le divorce est facile à obtenir quand c'est comme ça. J'ai signé les papiers. Et je n'ai jamais reçu d'autre lettre. Mais mon frère m'a écrit quand elle s'est remariée. Elle a épousé un plombier là-bas à Charleston, en Virginie. Elle a eu toute une flopée d'enfants depuis. Mon frère m'a envoyé des coupures de journaux quand le gosse a été tué. Mon gosse. C'était en 51. Il avait douze ans, il est tombé de son scooter et il est passé sous un camion.

— Je suis désolé.

— Vous êtes désolé, hein, lieutenant? Vous

devez être un type bien. Un type drôlement chouette. Je suis allé voir Mary quand je suis revenu à Charleston. Elle est presque tombée à la renverse quand elle m'a reconnu. Les gosses étaient à l'école et le plombier était en ville en train de faire son boulot. C'était en septembre dernier. Vous savez, elle a grossi, mais c'est encore une belle femme. Toutes les filles Pratt sont de belles filles. Des gens des collines des environs d'Eksdale. J'ai dû enfoncer la porte pour pouvoir lui parler. Elle s'est précipitée et elle est allée prendre des pincettes dans la cheminée et elle a essayé de me fendre le crâne avec. Je les lui ai arrachées des mains, je les ai tordues en deux, et jetées dans le feu. Alors elle s'est calmée et elle est montée en voiture.

— Pourquoi me racontez-vous tout ça?

— Pour que vous ayez un aperçu des choses, comme je vous l'ai dit la semaine passée. Je l'ai emmenée à Huntington, c'est seulement à quatre-vingts kilomètres de là, et le soir je l'ai obligée à téléphoner au plombier. A ce moment-là elle faisait déjà tout ce que je voulais. Je lui ai ordonné de lui dire qu'elle prenait des petites vacances loin de lui et des enfants. Et j'ai raccroché pendant qu'il était encore en train de gueuler au téléphone. Puis, sous ma dictée, elle a écrit une lettre d'amour, datée, dans laquelle elle me demandait de l'emmener avec moi pendant un temps. Et je lui ai fait mettre plein de mots obscènes. Je l'ai gardée pendant trois jours avec moi dans un hôtel à Huntington. Puis j'en ai eu marre de l'entendre renifler toute la journée et se lamenter à cause de ses gosses et de son plombier. Elle ne se débattait plus, mais la volée que je lui avais foutue le premier jour se voyait encore. Vous suivez, lieutenant?

— Je crois.

— Quand j'en ai eu assez d'elle, je lui ai dit que si elle essayait d'aller chanter sa petite chanson aux flics, j'enverrais une photocopie de la lettre au plombier. Et que je reviendrais faire un tour et voir si je ne pouvais pas jeter un ou deux enfants du plombier sous les roues d'un camion. Ça lui a fait de l'effet. J'ai dû lui enfourner presque toute une bouteille d'alcool pour lui faire perdre conscience. Puis je l'ai chargée dans ma voiture et je l'ai emmenée près d'un de ces petits hôtels louches sur la route de Grayson et je l'ai abandonnée toute nue dans une vieille bagnole qui se trouvait là. Un kilomètre plus loin, j'ai jeté sa robe et ses chaussures dans un champ. Et je l'ai laissée se débrouiller comme elle pouvait.

— Est-ce que ceci est supposé me faire peur?

— Non, lieutenant. C'est seulement un des aspects du tableau. J'avais tout le temps voulu pour penser. Je me suis souvenu aussi comment c'était quand nous nous sommes mariés. J'étais revenu à Charleston en permission. J'avais vingt ans et c'était en 39. Je n'étais pas fixé pour me marier, mais elle était venue en ville avec ses vieux le samedi soir. Elle venait juste d'avoir dix-sept ans et en les voyant, j'ai tout de suite vu que c'étaient des péquenots. Mes parents à moi en étaient aussi. Je les ai suivis dans la ville et elle, je ne l'ai pas quittée des yeux. Quand on nous bouclait le soir, je repensais à ce qui s'était passé ce samedi soir et comment avait été le mariage et comment elle m'a suivi en Louisiane quand nous faisions les manœuvres avant d'embarquer. Elle voulait rester près de moi. Elle était très pieuse. Mais ça ne l'empêchait pas de s'intéresser beaucoup à la bagatelle.

— Je n'ai pas envie d'écouter tout ça.

— Mais vous écouterez, lieutenant. Vous voulez savoir de quoi il retourne, je vous l'explique. Quand mon frère m'a écrit qu'elle s'était remariée, j'ai échafaudé un plan et je l'ai mis à exécution. J'ai juste changé un détail. J'avais l'intention de la garder une semaine au lieu de trois jours, mais elle a renoncé à lutter trop tôt.

— Et alors?

— Vous êtes censé être un bon avocat, lieutenant. Alors... j'ai pensé à elle et j'ai pensé à vous.

— Et vous avez combiné quelque chose pour moi aussi?

— Vous commencez à piger, je vois. Non, je n'ai pu faire de plan pour vous, parce que je ne savais pas ce que vous étiez devenu. Je ne savais même pas si je pourrais vous retrouver. J'espérais seulement que vous n'étiez pas mort de maladie ou que vous n'aviez pas été tué.

— Est-ce que vous me menacez?

— Je ne vous menace pas, lieutenant. Comme je viens de vous le dire, nous avons commencé presque à égalité. Et maintenant, vous avez une femme et trois enfants de plus que moi.

— Et vous voulez que nous nous retrouvions à égalité de nouveau!

— Je n'ai pas dit ça!

Ils se regardèrent dans les yeux. Cady souriait toujours. Il semblait tout à fait à l'aise. Sam Bowden n'arrivait pas à trouver un moyen de dominer la situation.

— Est-ce vous qui avez empoisonné notre chien? demanda-t-il, et il regretta d'avoir posé la question.

— Votre chien?

Cady ouvrit des yeux exagérément ronds.

— Moi, empoisonner votre chien! Vous me calomniez, lieutenant!

— Oh ! Ça va comme ça !

— Comme ça quoi ! Non, je n'empoisonnerais pas plus votre chien que vous ne ficheriez un flic à mes trousses. Vous ne feriez jamais une chose pareille !

— C'est bien vous qui l'avez fait, salaud !

— Vous m'excuserez, lieutenant. Je ne peux pas vous donner de coup de poing, je serais aussitôt bouclé pour agression. Voulez-vous un cigare ? Ils sont excellents.

Sam se détourna, à bout de nerfs. Nancy s'était arrêtée de travailler. Elle était debout et regardait dans leur direction, les yeux rétrécis, se mordant la lèvre inférieure.

— C'est vraiment un beau brin de fille que vous avez là. Presque aussi excitante que votre femme !

Sam se rua tête baissée sur Cady et frappa. Cady jeta sa bouteille de bière et reçut le coup de poing adroitement dans la paume de la main.

— Vous m'avez descendu une fois, lieutenant. C'est fini.

— Allez-vous-en !

Cady s'était levé. Il ficha son cigare au coin de sa bouche et dit :

— Bien sûr. Je crois que très bientôt vous aurez tout à fait pigé.

Il partit en direction du hangar et, se détournant, grimaça un sourire à l'adresse de Sam et agita son cigare vers Nancy :

— On se reverra, beauté, dit-il.

Nancy se précipita vers Sam.

— Est-ce que c'est lui, papa ? Est-ce que c'est lui ? Oh ! papa, mais tu trembles !

Sam ne lui répondit pas et suivit Cady derrière le hangar. Celui-ci s'installait au volant d'une vieille Chevrolet grise. Il s'inclina vers Sam et Nancy et démarra.

— C'est lui, n'est-ce pas? Oh! il est horrible. La manière dont il me regardait m'a flanqué le frisson, comme quand je vois un serpent.

— C'est Cady, dit Sam d'une voix singulièrement voilée.

— Mais pourquoi est-il venu ici?

— Pour rendre l'atmosphère plus tendue. Dieu seul sait comment il a pu découvrir que nous étions ici. Je suis heureux que ta mère et les garçons n'aient pas assisté à ça.

Ils revinrent près du bateau. Il lui jeta un coup d'œil pendant qu'ils marchaient côte à côte. Son visage était grave et pensif. Cette fois, le problème ne concernait pas seulement Carol et lui. Les enfants étaient impliqués aussi.

Nancy leva les yeux vers lui.

— Que comptes-tu faire?

— Je ne sais pas.

— Et lui? Qu'est-ce qu'il va faire?

— Je ne sais pas non plus.

Elle se retourna et caressa machinalement le côté poncé de la coque.

— Alors, il n'y a pas grand-chose à faire!

— J'aimerais que tu renonces à ton rendez-vous de ce soir. Ce n'est pas un ordre. Il ne t'arrivera probablement rien. Mais nous, nous ne saurons pas s'il ne t'est rien arrivé.

Elle s'absorba dans ses pensées, un instant renfrognée.

— D'accord, je resterai à la maison.

— Je pense que nous pouvons commencer à peindre maintenant.

— Très bien. Vas-tu parler de tout cela à maman?

— Oui. Elle a le droit d'être au courant de tout ce qui se passe!

Tommy Kent fit son apparition quelques minutes avant Carol et les garçons. Il se révéla un garçon poli, bien de sa personne, amusant et raisonnablement déférent. On lui donna un pinceau et il se mit à peindre le même côté de la coque que Nancy, chacun critiquant le travail négligé de l'autre. Sam fut heureux de voir la manière dont elle le traitait. Pas de regards enamourés. Pas la moindre trace d'adoration. Elle était brusque avec lui, discutait avec une assurance amusée, tout en étant pleinement consciente de son propre charme. Elle le traitait comme un frère aîné plutôt maladroit, ce qui était la tactique idéale vis-à-vis d'une étoile de l'école comme l'était Tommy Kent. Sam, qui les observait de côté, tout en peignant, ne put déceler qu'un seul point faible dans son comportement par ailleurs parfaitement naturel : elle évitait soigneusement toute attitude gauche ou disgracieuse. Elle était aussi attentive que si elle dansait. Il l'entendit annuler le rendez-vous. Elle s'excusa suffisamment pour ne pas paraître impolie, et resta suffisamment vague pour susciter sa jalousie.

Quand Carol arriva et après qu'elle eut fait ingurgiter à Nancy son thé et ses sandwiches, Sam acheta deux bières, laissant les quatre jeunes en train de peindre assidûment, emmena Carol sur l'une des jetées et là, les jambes pendant dans l'eau, il lui parla de Cady.

— Il était ici ! s'écria-t-elle, les yeux agrandis par l'effroi.

— Oui, ici, en train de regarder Nancy quand je suis revenu. Et quand j'ai regardé Nancy à mon tour, j'ai eu l'impression de la voir avec ses yeux à lui et elle ne m'a jamais paru aussi peu vêtue, même pas avec ce bikini que tu lui laisses porter dans l'île, quand nous sommes tout seuls, sans invités.

Elle crispa ses doigts sur son poignet avec une force décuplée et ferma les yeux en murmurant :

— Ça me rend malade! Mon Dieu, Sam, qu'allons-nous faire? Lui en as-tu parlé? Lui as-tu demandé au sujet de Marilyn?

— Oui. Je lui ai parlé. Tout à fait à la fin je me suis emporté. J'ai essayé de le frapper. J'ai été ridicule. Ses avant-bras sont aussi gros que mes cuisses, et il est aussi rapide qu'une panthère.

— Et pour Marilyn?

— Il a nié, mais d'une telle façon que c'est aussi sûr que s'il avait avoué.

— Que t'a-t-il dit d'autre? A-t-il proféré des menaces?

Pendant un instant Sam fut tenté de garder pour lui l'histoire de la femme de Cady, mais il se décida et raconta tout d'un trait, essayant de garder un ton impersonnel et regardant au loin l'eau verte de la baie. Carol ne l'interrompit pas une seule fois. Quand il la regarda de nouveau, ce fut comme si elle était devenue soudain, tragiquement, une vieille femme. Lui, qui était toujours si fier de constater qu'à trente-sept ans elle en paraissait trente et quelquefois vingt-cinq, il la vit les épaules affaissées, la figure osseuse et décharnée, comme elle serait quand elle serait devenue très vieille.

— C'est affreux, dit-elle. Cette pauvre femme. Et quelle manière abjecte de nous menacer indirectement. Nancy sait-elle qui il est?

— Elle ne l'a deviné qu'à la fin. Après son départ nous avons causé ensemble. Elle est très raisonnable. Je suis fier d'elle. Elle a renoncé d'elle-même à son rendez-vous de ce soir!

— Tant mieux. N'est-ce pas que Tommy est bien?

— Il est très bien, mais ne commence pas à parler

de tout cela comme si elle avait dix-huit ans. Il est bien mieux que Pike. Et je crois qu'elle sait très bien le manœuvrer. Je me demande où elle a appris.

— Ce n'est pas quelque chose qu'on apprend, mon chéri !

— Je suppose qu'elle a hérité ça de toi, mon ange. Je me souviens... Quand je pense que j'étais là, ne demandant rien à personne, cherchant un endroit pour m'asseoir dans cette cafétéria et que...

Il essayait de prendre un ton léger, mais il vit tout de suite qu'il tombait à plat. Elle baissait la tête et il vit deux grosses larmes rouler le long de ses joues. Il posa sa main sur son bras.

— Ça va s'arranger, dit-il. (Elle secoua la tête violemment.) Bois ta bière, mon petit. Regarde. C'est samedi. Le soleil brille. Toute ta progéniture est là. Nous nous en sortirons. On n'a pas les Bowden comme ça !

Sa voix était étouffée.

— Va les aider là-bas. Moi je reste encore un peu ici.

Quand il eut son pinceau en main, il se retourna. Elle lui sembla toute petite sur la jetée. Toute petite, misérable et terrifiée.

CHAPITRE V

Sam, tout en peignant la coque à grands coups de pinceau et en écoutant d'une oreille distraite le bavardage des enfants, se remémorait les années heureuses qui avaient précédé et suivi son mariage avec Carol. Ses meilleures années. Beaucoup d'amour et un succès matériel qui pour n'être pas spectaculaire n'en était pas moins solide et continu.

Il fut content quand Carol quitta la jetée et recommença à travailler. Bucky, sans que personne ne l'ait remarqué, avait décidé de badigeonner le dessous de la coque. Il avait un gros pinceau et le trempait abondamment dans la peinture. Et il s'était mis à l'ouvrage, barbouillant juste au-dessus de sa tête. Carol poussa un hurlement quand elle le vit.

Il était uniformément blanc de la tête aux pieds, comme un clown, complètement maquillé. Ils s'arrêtèrent tous de peindre et allèrent chercher des chiffons et de la térébenthine avant de s'attaquer à Bucky. Celui-ci protesta avec la dernière énergie et n'arrêta pas de gigoter. Quand il fut à peu près propre, tous les enfants allèrent se changer au club et se baigner. Carol et Sam achevèrent le travail.

Le lundi matin, après avoir expédié son courrier

et organisé sa journée, Sam prit rendez-vous avec le capitaine Mark Dutton pour onze heures au quartier général de la police de New Essex. Dutton était l'inspecteur en chef. C'était un homme d'aspect banal, vêtu d'un complet gris très ordinaire. Il avait des cheveux gris et des manières paisibles. Sam avait déjà eu affaire à lui deux ou trois fois pour des questions concernant le bureau. Il aurait pu être agent de change ou assureur ou chef de publicité. Mais si vous le regardiez dans les yeux, vous reconnaissiez le flic, à son regard direct, sceptique et plein d'une sagesse un peu lasse. Le petit bureau était bien rangé. Un mur de verre le séparait d'une pièce où la moitié des pupitres étaient vides et les murs garnis de grands classeurs gris.

Après qu'ils se furent serré la main et que Sam eut prit place, Dutton demanda :

— C'est pour l'affaire dont Charlie Hopper m'avait parlé ?

— Oui. Au sujet de Max Cady. Charlie avait l'air de croire que vous seriez en mesure de le... harceler. Je ne vous demande pas de traitement de faveur. Mais je crois qu'il est dangereux.

— Charlie est un politicien. Leur premier objectif est de rendre les gens heureux, le second est de leur faire croire qu'ils sont heureux.

— Vous ne lui avez rien promis ?

— Nous avons bouclé Cady et nous l'avons gardé pendant les vérifications.

— C'est ce que Charlie m'a dit. Et il n'est recherché nulle part ?

— Non. Il a, comme on dit, payé sa dette vis-à-vis de la société, il peut justifier de sa voiture et de l'argent qu'il a sur lui. Il subvient à ses besoins et n'est à la charge de personne.

— Capitaine, il est tout de même possible qu'on le recherche quelque part !

— C'est-à-dire, il faudrait un supplément d'enquête.

— Que voulez-vous dire ?

Sam raconta à Dutton l'histoire de l'enlèvement et du viol par Cady de son ex-femme. Pendant qu'il parlait, le capitaine prenait des notes.

— Vous n'avez pas son nom de famille ?

— Non, mais ce ne doit pas être difficile à trouver.

Dutton jeta un coup d'œil sur ce qu'il avait écrit.

— On peut la retrouver. Maintenant, dites-moi quelque chose. Croyez-vous Cady capable d'avoir inventé cette histoire pour vous flanquer la frousse ?

— Étant avocat, j'ai l'habitude d'entendre des mensonges. Je crois qu'il a dit la vérité.

Dutton fronça les sourcils et tirailla le lobe de son oreille.

— Vous avez affaire à un animal bougrement rusé. Si c'est la vérité, il sait qu'il vous a donné suffisamment d'éléments pour qu'on la retrouve. Donc il est absolument sûr qu'elle est neutralisée et qu'elle ne portera pas plainte. Il m'est arrivé à moi aussi d'avoir affaire à ces gens des collines. Ils ne sont pas très portés à aller trouver la police même s'ils ne sont pas terrorisés comme cette femme.

— Mais vous allez essayer tout de même !

— Je vais transmettre ça à nos gens à Charleston et leur demander de voir ce qu'ils peuvent faire. Il y a la possibilité qu'elle ne soit pas revenue chez elle. Mais elle est probablement rentrée. Et puis, il y a les enfants. A votre place, je n'y compterais pas trop, M. Bowden.

— Si cela ne marche pas, capitaine, pouvez-vous obliger quelqu'un à quitter la ville ?

Dutton acquiesça :

— Nous l'avons fait, mais pas souvent.

— Pourriez-vous le faire pour Cady?

— On peut essayer. Il faudrait pas mal d'hommes et pas mal de temps. Je l'ai observé quand il était ici. Il n'a pas peur et on ne peut pas porter atteinte à sa dignité, parce qu'il n'en a pas.

— Voulez-vous essayer?

Dutton prit un crayon jaune entre ses doigts épais, et, regardant Sam dans les yeux, répondit :

— Non.

— Pouvez-vous me dire pourquoi, capitaine?

— Je pourrais vous donner au moins trois raisons, M. Bowden : la première est que je n'ai pas suffisamment d'hommes. Déjà, les mères de famille n'arrêtent pas de prendre la mairie d'assaut parce que je ne mets pas assez d'agents à la sortie des écoles. En tant qu'avocat vous comprendrez particulièrement bien la seconde raison. Ce n'est pas absolument légal. Cela créerait un précédent. On pourrait me demander des comptes. Et, troisièmement, vous n'êtes pas résident ici, vous y avez votre bureau, mais vous ne payez pas d'impôt. Votre firme en paie, mais ceci est une affaire privée. Et vous ne participez même pas à une minime fraction de mon salaire.

Sam rougit.

— Je ne savais pas que ceci pourrait intervenir, commença-t-il.

— Laissez-moi finir. En dernier lieu, comme je vous l'ai dit, j'ai pu observer cet homme. Ce n'est pas un imbécile. Il n'a pas l'air possédé d'une rage meurtrière. Je crois qu'il veut simplement vous maintenir en état de tension. Mais je ne veux pas que vous quittiez ce bureau persuadé que je ne veux pas vous aider. Si ce Cady transgresse tant soit peu la loi, je veillerai personnellement à ce qu'il soit traité avec toute la rigueur possible.

— Merci beaucoup, capitaine. Pouvez-vous encore m'accorder un instant ?

Et Sam lui parla de Sievers et du chien.

Dutton se pencha en avant, fronça les sourcils et se gratta le bout du nez avec son crayon jaune.

— S'il a pu repérer Sievers et s'en débarrasser aussi vite, il est vraiment doué. Avez-vous des preuves pour le chien ?

— Non. Aucune. Mais après lui avoir parlé j'en suis certain.

— Ceci est en dehors des limites de notre juridiction, naturellement.

— Je sais.

Dutton resta pensif pendant un moment.

— Je suis désolé, M. Bowden. Je ne peux pas faire grand-chose pour vous. Pas plus que ce que je vous ai déjà dit. Si vous êtes vraiment inquiet, je suggère que vous emmeniez votre famille quelque part.

— Nous l'avons envisagé.

— C'est peut-être une bonne idée. Il se fatiguera de ce jeu et finira par quitter la ville. Tenez-moi au courant.

Il se leva et tendit la main. Sam le remercia et s'en alla.

De retour à son bureau, il appela Apex et laissa son numéro, demandant que Sievers le rappelle.

A six heures moins le quart, alors qu'il se préparait à partir, Sievers lui téléphona et lui donna rendez-vous dix minutes plus tard dans un bar tout près du bureau de Sam. Sam appela Carol et la prévint qu'il serait en retard. Les enfants étaient tous partis chercher une pierre pour Marilyn. Carol avait emporté son sac de paille. Et ils avaient eu toutes les peines du monde pour ramener cette pierre, très jolie du reste, dans le sac.

Sievers était debout près du bar, quand Sam entra. Il lui fit un signe de tête et attendit que Sam eût un verre à la main, puis il l'emmena dans un coin du box, retiré.

— J'ai parlé au capitaine Dutton aujourd'hui. Il ne fera rien.

— Je ne vois pas comment il pourrait faire quelque chose. Peut-être si vous déplaciez deux fois plus d'air que vous ne le faites ! Et encore ! Il serait réticent. Bon ! Vous allez de l'avant au sujet de ce que je vous ai dit l'autre jour ?

— Oui... je pense.

Sievers eut un petit sourire :

— Plus de palabres sur la voie légale ?

— J'ai eu mon compte aujourd'hui de ce genre de discussions et pour un bon moment, je crois.

— Vous vous endurcissez !

— A cause de ce qui se passe. Vendredi il est venu m'empoisonner mon chien. Le chien des enfants. Il n'y a pas de preuves. Et samedi il est arrivé sur le chantier, pour me narguer.

— Il va se radoucir.

— Pouvez-vous mettre votre projet à exécution ?

— Ça peut être fait tout de suite pour trois cents dollars, Bowden. Je ne m'en occuperai pas moi-même. J'ai un ami. Il a des relations. Il en enverra trois pour s'occuper de lui. J'ai pensé à l'endroit aussi. Derle 211 Jaekel Street. Il y a un hangar et une palissade, là où il range sa voiture. Ils pourront l'attendre au coin du hangar et de la barrière.

— Qu'est-ce... qu'est-ce qu'ils vont lui faire ?

— Qu'est-ce que vous vous imaginez ? Ils vont le tabasser. Avec des tuyaux et une chaîne de bicyclette. Ils vont faire du travail de professionnels. Avec l'hôpital au bout.

Ses yeux changèrent d'expression, il semblait regarder au loin.

— J'ai été rossé comme ça une fois. Oh ! J'étais coriace, je croyais que s'ils ne me tuaient pas, ils ne pourraient pas me faire mal. J'étais prêt à rendre les coups. Mais ça ne se passe pas comme ça, M. Bowden. Ça vous marque pour la vie. C'est la douleur, je crois. Et aussi parce qu'ils ne s'arrêtent pas. Vous vous entendez les supplier et ils ne s'arrêtent toujours pas. Vous n'avez plus rien, ni fierté, ni dignité, rien. Après ça, je n'étais bon à rien pour deux bonnes années. J'étais en parfaite santé, mais j'avais les foies. Et je les avais drôlement. Je n'étais pas mûr pour laisser quelqu'un recommencer à me faire aussi mal. Puis ça a été mieux. Il y a dix-huit ans de ça et encore aujourd'hui je ne suis pas sûr d'être redevenu comme avant. Et je suis plus coriace que la plupart des gars. Il n'y a pas un homme sur cinquante qui vaut encore quelque chose après avoir été battu comme ça. Ils ont les foies pour le reste de leur vie. Croyez-moi, c'est la seule chose à faire.

— Et ils ne risquent pas de le tuer sans le faire exprès ?

— Ce sont des professionnels, Bowden.

— Je le sais bien, mais ça peut arriver !

— Une fois sur dix mille. Et même si ça arrive, on ne risque rien. Il y a trop d'intermédiaires. Même si quelqu'un s'y intéressait — et il y a peu de chances — il ne pourrait pas remonter jusqu'à vous.

— Je vous donne un chèque ?

— Grands dieux, non ! Du liquide. Quand pouvez-vous avoir les fonds ?

— Demain matin, dès l'ouverture des banques.

— Apportez-moi ça ici demain à la même heure. Je vais commencer à m'en occuper ce soir.

— Quand croyez-vous que ça va se passer ?

— Demain ou mercredi soir. Pas plus tard.

Il finit son verre, le posa et se glissa hors du box. Sam leva les yeux sur lui et sourit en disant :

— Est-ce que ce genre de choses arrivent souvent ? Je suis plutôt naïf, je suppose.

— Plus souvent que vous ne pensez. Les gens deviennent trop malins. Il faut les ramener à la raison, et quelquefois c'est le seul moyen pour qu'ils pigent.

— C'est une des expressions favorites de Cady.

— Dans ce cas il sera vraiment content.

— De quoi ?

— De piger.

Sam ne parla de rien jusqu'à ce que les deux garçons soient au lit et Nancy dans sa chambre en train de repasser son dernier examen de l'année. Carol écouta attentivement, le visage calme et l'air absent. Ils étaient assis côte à côte sur le canapé du living-room. Elle avait les jambes repliées sous elle, son genou rond et tiède collé contre sa cuisse à lui. Elle tournait sans arrêt son lourd bracelet d'argent autour de son poignet.

— En somme, tu vas payer trois cents dollars pour le faire tabasser presque à mort ?

— Oui. Mais ne vois-tu pas que c'est le seul...

— Oh, mon chéri ! N'essaye pas d'expliquer ou de t'excuser. Ce n'est pas du tout ce que je voulais dire. J'exulte. Je suis folle de joie. J'irais volontiers tondre des gazons ou laver du linge chez les autres pour gagner ces trois cents dollars.

— Je suppose que les femmes sont vraiment plus primitives.

— En tout cas la tienne l'est, mon chéri. Elle l'est vraiment.

Il se leva et se mit arpenter la pièce nerveusement.

— Ce n'est quand même pas normal. Ce n'est pas bien qu'il soit possible de faire une chose pareille.

— Comment ?

Il haussa les épaules.

— Bon ! Suppose un instant qu'un client mécontent décide que j'ai besoin d'un traitement semblable. S'il a les relations nécessaires, il y arrive, et le monde devient une jungle. Il faut respecter l'ordre et la loi.

Elle le suivit, mit les bras autour de sa taille et leva les yeux vers lui.

— Pauvre Samuel ! Pauvre chéri ! Peut-être est-ce vraiment une jungle. Et nous savons hélas qu'il y a un animal tapi dans la jungle.

— Je crois que je me fais mal comprendre. Si c'est le seul moyen possible de régler cette situation, dans ce cas les bases mêmes de ma vie sont drôlement vacillantes.

Elle lui fit la moue :

— Moi aussi, je suis vacillante.

— Seulement en partie. Je parle de ma vie professionnelle.

— Tu ne vois donc pas que ce n'est pas une situation logique ? Il faut laisser agir ton instinct. Et c'est le meilleur instrument des femmes, l'instinct. Je sais que tu as exactement fait ce qu'il fallait. Je l'aurais fait, moi. J'aurais aimé organiser ça à ta place. Tu es un homme très bon, mon chéri.

— Il me semble que j'entends ça un peu trop souvent.

— Tu n'as pas besoin de me montrer les dents, à moi.

— D'accord. Je suis un homme très bon qui paie trois cents dollars pour envoyer un autre homme à l'hôpital.

— Mais oui. Tu te tortures trop. Ne me gâche pas ma joie. Je suis heureuse de ne presque plus avoir peur. Ce n'est pas encore tout à fait fini parce que ce n'est pas fait encore, mais aussitôt je serai la femme la plus gaie de la ville. Si ça me fait ressembler à une sorcière assoiffée de sang, tant pis.

Après que Carol se fut endormie, il se leva silencieusement et alla s'asseoir près de la fenêtre, ouvrit les volets avec précaution, alluma une cigarette et contempla la route argentée et le mur de pierre. La terre tournait et les étoiles étaient loin. Tout ceci, se dit-il, est réel. La nuit, la terre, les étoiles et sa famille assoupie. Tout le reste qui lui avait semblé si vrai n'était qu'un vieux code poussiéreux. Si bien que cette action qu'il allait commettre n'était qu'un supplément de la loi. C'était donc dans l'ordre des choses. Malgré cela quand il retourna dans son lit, il n'arrivait toujours pas à l'admettre.

CHAPITRE VI

Sievers ne fit aucun rapport le mercredi, et Sam ne vit rien dans les journaux. Mais le jeudi matin à neuf heures et demie il reçut un coup de téléphone de Dutton.

— Ici le capitaine Dutton, monsieur Bowden. J'ai des nouvelles pour vous, de Cady!

— Oui ?

— Nous l'avons bouclé pour conduite tapageuse, pour refus d'obtempérer et parce qu'il troublait l'ordre public. Il s'est trouvé embringué dans une bataille, la nuit dernière vers minuit, dans une cour derrière la maison meublée de Jaekel Street. Trois terreurs locales lui ont sauté dessus. Ils l'ont pas mal amoché avant qu'il ne se libère. Il y en a un qui s'est enfui et les deux autres sont à l'hôpital. Il en a passé un par-dessus une palissade, résultat un dos endommagé et de multiples meurtrissures. L'autre n'a qu'une mâchoire brisée, un poignet cassé, des contusions et quelques côtes enfoncées. Quant à lui, ils lui ont ouvert la joue avec une chaîne de bicyclette et lui ont martelé le pourtour des yeux avec un morceau de tuyau.

— Allez-vous vraiment l'enfermer?

— Vous pouvez être tranquille, monsieur Bowden. Il

était sonné, je pense, et il faisait noir dans la cour; il a frappé un des agents quand il a traversé la cour en courant et lui a aplati le nez comme une feuille de papier. L'autre agent l'a assommé avec une matraque; ils l'ont emmené et lui ont fait recoudre la figure puis ils l'ont collé au bloc. C'est le juge Jamison qui est de service ce soir et nous allons voir ce qu'il va récolter. Il réclame un avocat à cor et à cri. Ça vous intéresse?

— Non, merci.

— Le juge Jamison n'est pas aussi coopératif que certains, mais je pense qu'il ne le ratera pas. Passez donc ce soir vers les huit heures et demie et vous verrez comment il s'en tire.

— Je viendrai. Capitaine, est-ce trop tôt pour vous demander au sujet de Charleston?

— Non. Ça s'est passé exactement comme je le prévoyais. Ils sont allés voir la femme chez elle. Elle a admis avoir été mariée à Cady, mais affirme ne pas l'avoir revu depuis sa condamnation. Elle leur a même dit qu'elle ne savait pas qu'il avait été relâché. Pas de chance!

— Merci d'avoir essayé, en tout cas!

— Je suis désolé de n'avoir pas pu faire plus, monsieur Bowden.

Sievers appela vers quatre heures et proposa à Sam de le retrouver au même endroit. Sam arriva le premier. Il emporta son verre dans le box et attendit. Quand Sievers fut là, il s'assit en face de Sam et dit :

— Vous auriez droit à un remboursement.

— Que s'est-il passé?

— Ils ont été imprudents. Je leur avais fait dire que le client était coriace. Ils lui ont fait quelques caresses et comme il ne s'écroulait pas, ils l'ont caressé un peu plus fort. Et soudain c'était trop tard, beaucoup trop tard. Il s'est littéralement déchaîné et leur a enlevé toute envie de vivre. Celui qui s'est enfui a reçu un coup dans le ventre et il ne peut toujours pas respirer. Ça s'est répandu comme une traînée de poudre. Ça va être drôlement calé de retrouver d'autres types pour une seconde attaque. J'ai entendu dire que quand il en a envoyé un par-dessus la palissade, ça a résonné comme une bombe. Je suis navré que le boulot ait été aussi saboté, monsieur Bowden.

— Mais il va faire de la prison.

— Et il sera relâché!

— Que faire à ce moment-là?

— Payer une autre tournée, je pense. Vous feriez bien de mettre mille dollars de côté pour celle-là. Il ne se laissera pas surprendre en train de ronfler.

Quand Sam arriva à la maison, Carol avait déjà lu tout ce qu'on avait écrit dans les journaux du soir : un simple paragraphe en dernière page mentionnant le nom des deux types de l'hôpital et l'arrestation de Cady.

— Tu y vas?

— Je ne sais pas.

— Vas-y s'il te plaît, mon chéri, et vois ce qui se passe.

Le tribunal était plein à craquer. Sam s'assit dans le fond. Il y avait tant de remue-ménage qu'il entendait à peine ce qui se disait. Le juge Jamison était bien la créature la plus ennuyeuse que Sam ait jamais rencontrée de sa vie. Les bancs étaient étroits et durs et la salle sentait le cigare, la poussière et le désinfectant.

L'affaire passa à neuf heures quinze. Un des procureurs, Cady et un jeune avocat que Sam avait déjà aperçu aux réunions du barreau, mais dont il ignorait le nom, plus deux agents en uniforme en étaient les protagonistes. Ils s'alignèrent devant le juge.

Sam, tendant l'oreille autant qu'il le pouvait, arrivait à peine à saisir un mot de-ci de-là. L'avocat de Cady, déployant une impressionnante voix de basse, essayait de faire ressortir le fait que l'agression s'était produite à l'endroit où Cady habitait. L'agent au nez bandé déposa d'un ton monotone. Quand le bruit devenait trop fort dans la salle d'audience, le juge donnait un petit coup de marteau indolent.

Le procureur et l'avocat de la défense eurent une discussion sur un ton assez vif, sans tenir aucun compte du juge pendant un moment. Puis ils inclinèrent la tête ensemble. Le juge bâilla, donna un coup de marteau de nouveau et marmonna une sentence que Sam ne put entendre. Cady traversa la salle accompagné de son avocat et alla donner de l'argent à un scribe installé derrière un petit bureau. Un garde l'emmena par une porte de côté, mais avant Cady s'arrêta et regarda en arrière, promenant ses yeux dans la salle. Un grand morceau de sparadrap lui barrait la joue. Ses arcades sourcilières étaient gonflées et bleues. Sam essaya de se glisser derrière le banc, mais Cady le repéra, leva la main, sourit et dit très distinctement :

— Salut, lieutenant, ça va?

On l'emmena. Sam dut interroger trois personnes avant de découvrir ce qui s'était passé. Pour l'attaque de l'agent, Cady avait plaidé coupable. Les deux autres inculpations n'avaient pas été retenues. Il avait été condamné à une amende de cent dollars et à trente jours de prison ferme.

Il rapporta ces nouvelles à Carol. Ils firent semblant de croire que c'étaient de bonnes nouvelles.

Mais ce n'était pas très réconfortant. Leur sourire était un peu forcé, et disparut rapidement. Mais tout de même, c'était trente jours de répit. Trente jours sans avoir peur. Et trente jours à prévoir la peur à venir. En ce qui concernait leur moral, Cady, même s'il l'avait fait exprès, n'aurait pas pu faire mieux.

L'école était finie. Les veto avaient été levés pour les enfants. L'été ensoleillé commençait. Les trente jours de Cady débutaient officiellement le 19 juin. Il devait être relâché le 19 juillet, un vendredi.

Ils avaient projeté d'envoyer Nancy au camp cette année encore et elle avait supplié qu'on la laissât six semaines au lieu du mois habituel. Ce serait sa quatrième année à Minatella et probablement la dernière. Elle devait partir le 1er juillet, de même que Jamie qui allait lui à Ganatella, le camp correspondant pour les garçons, à trois kilomètres du précédent et dépendant de la même direction. Les camps se trouvaient au bord d'un petit lac, au sud de l'État, à quelque deux cents kilomètres de Harper. Au moment des inscriptions, en avril, ils avaient examiné ensemble la requête de Nancy au sujet des six semaines et elle avait été agrééе. Jamie avait protesté vigoureusement, voulant lui aussi rester plus longtemps. On lui avait objecté qu'à son âge, Nancy n'avait droit qu'à un mois. Bucky s'était montré ulcéré. Pour lui, y aller dans trois ans ne signifiait rien du tout. Trois ans étaient la moitié de son âge actuel. Ça lui semblait une éternité. Tout le monde serait parti. Il était une malheureuse victime.

Quand il se fut résigné enfin à rester à la maison tout l'été, il émit toute une série d'opinions définitives sur les camps. C'étaient d'horribles endroits.

Vous dormiez sous la pluie. Les chevaux vous donnaient des coups de pied et les bateaux prenaient l'eau et si vous ne vous laviez pas six fois par jour, ils vous battaient sans arrêt. Mais sans arrêt! Quand tout avait été réglé, Nancy, à mesure que l'été approchait, avait commencé tout doucement à changer d'avis sur les camps. Son corps se transformait et ses sentiments et ses aspirations n'étaient plus tout à fait ceux d'une enfant. Il devenait évident, d'après son attitude, qu'elle commençait à considérer les camps comme une distraction un peu puérile. Une partie de sa bande devait passer l'été à Harper. Elle citait le nom de garçons qui allaient travailler à la nouvelle route à cinq kilomètres au nord de Harper. Elle pensait pouvoir trouver un travail au village. Mais Sam et Carol se dirent qu'il valait mieux qu'elle prolonge son enfance d'un été passé à nager, faire du cheval, des excursions et chanter autour des feux de bois.

Nancy n'était pas le genre à faire la tête et à pleurnicher. Quand elle vit qu'il n'y avait rien à faire et qu'elle allait être obligée d'y aller, elle se contenta de prendre des airs dignes et condescendants, ponctuant la moindre de ses paroles de soupirs éloquents. Elle leur était supérieure, mais acceptait de suivre leurs idées bien qu'elles lui parussent très enfantines.

Mais à un certain moment qui coïncida avec la condamnation de Cady, elle fut de nouveau joyeuse, très excitée à l'idée de partir et en parla avec beaucoup d'enthousiasme. Carol et Sam furent intrigués.

Un soir Carol accueillit Sam en disant :

— Le mystère est résolu. J'ai réussi à la coincer aujourd'hui. Je l'ai surprise en train d'empaqueter sa robe rouge dans sa valise. Je lui ai aussitôt dit que ça me paraissait une tenue absolument idéale pour aller faire des excursions en montagne. Elle m'a affirmé avec une certaine hauteur qu'il y avait des soirées très mondaines quand les groupes des deux camps se réunissaient. Là-dessus, je lui ai dit que j'étais parfaitement au courant mais que je savais aussi que l'âge maximum des jeunes gens de Ganatella ne dépassait pas quinze ans et que mettre la robe rouge en leur honneur me paraissait être une opération aussi hasardeuse que de tuer un hanneton avec un fusil de chasse. Plutôt que de se voir obligée de rabattre ses prétentions, elle m'a avoué que Tommy Kent allait s'occuper des sports à Ganatella cette année

— Oh !

— Oui, oh ! Et les campeuses sont très surveillées et l'état-major féminin de Minatella ne l'est pas autant et il est probable que son Tommy va faire le joli cœur avec une créature plus âgée et briser le cœur de notre pauvre petite fille.

— C'est un risque à prendre. Mais je suis heureux que la période duchesse soit terminée de toute façon. Elle va avoir quinze ans le 20. Quel jour cela tombe-t-il donc ?

— Un samedi, cette année. Nous pourrons y aller et porter nos cadeaux.

Elle s'arrêta et lui lança un regard soudain horrifié.

— Je n'y ai pas pensé avant. C'est le jour après...

— Je sais.

— Mais alors ? Que va-t-il se passer là-bas ? Jamie et Nancy ? Vont-ils être en sécurité ?

— Je pense qu'il peut très facilement découvrir où ils sont. N'importe quel enfant du village serait à même de le renseigner. J'ai réfléchi à ça. Tu sais comment ça se passe là-bas. Ils se déplacent en groupes. J'avais projeté d'en parler aux enfants et d'avoir une conversation avec le directeur en arrivant. Mais si Tommy y va, ça va simplifier les choses. Je crois que j'aime bien ce garçon, en définitive. Il a l'air compétent.

— Si tu veux lui parler, dépêche-toi. Ils ont rendez-vous ce soir et il doit partir demain matin de bonne heure. Il doit être au camp un peu avant les autres pour tout préparer. Ils vont au bal des pompiers. Il vient la chercher à huit heures.

— Je ne pensais pas que ce genre d'histoires allait commencer si tôt.

— Nous sommes très précoces, nous autres Indiennes d'origine.

Ce soir-là Nancy expédia son dîner à toute allure et était prête à huit heures moins le quart. Sam la coinça dans le living-room.

— Extrêmement champêtre, dit-il, jetant un coup d'œil approbateur sur sa tenue.

— Je suis bien?

— Comment appelle-t-on ça?

— Ça? Oh! des jeans de ranch pour fille. Ils sont coupés un peu comme ceux des hommes.

— Un peu! Mais dis-moi, uniquement pour satisfaire la curiosité malsaine de ton vieux père. Comment arrives-tu à entrer dedans?

— Oh! C'est très facile. Tu vois, il y a des fermetures Éclair invisibles le long des jambes. Entre le genou et la cheville.

— Ça va très bien avec cette blouse. On dirait une nappe pour restaurant italien. Nancy, ma chérie, je suppose que tu as parlé à Tommy de ... de notre problème?

— Tiens! Bien sûr.

— Quand il viendra ce soir, ne pourrais-tu pas faire semblant de ne pas être tout à fait prête? J'ai besoin de lui parler.

— La voiture sera bondée d'amis, papa. Que veux-tu lui dire ? Je ne...

— Rassure-toi, je le prendrai à l'écart et je ne te ridiculiserai pas.

Le soleil brillait encore à huit heures quand Tommy arriva. Sam le rencontra à mi-chemin entre l'entrée et la maison.

— Le fermier Brown, j'imagine? dit-il.

Tommy portait une salopette, une chemise de travail et un grand chapeau de paille.

— C'est un accoutrement complètement idiot! Vous ne trouvez pas, monsieur?

— Mais adéquat pour l'occasion. Nancy va être prête dans quelques minutes, je voudrais vous parler une seconde, Tommy.

L'œil de Tommy refléta une certaine appréhension et Sam comprit ce qui se passait dans la tête du jeune homme. Une petite scène désagréable se préparait, le papa allait lui dire que sa petite fille était bien jeune et qu'il ne fallait pas qu'elle rentre tard, etc.

— Oui, monsieur.

— Nancy m'a dit qu'elle vous avait parlé d'un homme qui nous cause beaucoup d'ennuis.

— Oui. J'ai oublié son nom. Brady?

— Cady. Max Cady. Il est en prison pour l'instant. Mais il va être libéré le mois prochain, le 19. Vous êtes assez âgé pour que je puisse vous parler franchement. Je crois que cet homme est dangereux. Je le sens. Il veut m'atteindre de la manière la plus cruelle qui soit à travers ma famille. Je voudrais vous donner une responsabilité supplémentaire. Je voudrais que vous protégiez Jamie, veillez à ce qu'il ne soit jamais seul. Mettez les autres au courant, au camp. Je pense que la meilleure façon de les alerter est de leur dire qu'il y a une menace de kidnapping. Ma femme et moi en avons parlé et nous pensons qu'il sera plus en sûreté là-bas qu'ici. Consentez-vous à vous occuper de ça?

— Bien sûr, monsieur. Mais Nancy, alors?

— Vous êtes à cinq kilomètres à peu près de l'autre camp. Je vais avoir une conversation avec eux en allant conduire les enfants. Et Nancy est plus âgée que Jamie et plus prudente. Mais je pense aussi... qu'elle est une cible plus logique. Je vais tâcher de résoudre ce problème ici quand Cady sera relâché. Si je réussis, je vous le fais savoir immédiatement, Tommy.

— Il n'y a pas beaucoup d'hommes à Minatella, je crois, dit Tommy dubitatif.

— Je le sais, hélas. Je pense que vous allez voir Nancy de temps en temps. Rappelez-lui sans cesse de rester avec les autres. Elle a vu Cady, ça va lui être utile. (Il fit à Tommy une description détaillée de l'individu.) Si jamais il arrive quelque chose, reprit-il, ne jouez pas les héros. Vous avez beau être fort et bâti en athlète, vous n'avez aucune chance contre lui. Il a la taille, la rapidité et la cruauté d'un ours. Et je doute fort que vous puissiez l'arrêter avec une matraque ou un tuyau.

— Je comprends.

— Et essayez de comprendre cela aussi. Je n'exagère pas!

— Je sais, monsieur. Je suis au courant pour le chien. Je n'avais encore jamais entendu parler d'une chose pareille. Je veillerai sur eux deux, M. Bowden, je ferai bien attention.

— Je le sais et vous fais confiance. Voilà Nancy.

Il les suivit des yeux pendant qu'ils marchaient vers la voiture surchargée. Des sifflements admiratifs s'élevèrent quand Nancy approcha. Après qu'ils eurent quitté la maison en faisant des signaux et en poussant des cris de joie, Sam se dirigea vers le porche.

Quand Carol vint le rejoindre, apportant un énorme gin tonic, il dit :

— Je pense à la jeunesse actuelle.

Elle s'assit sur la rampe près de lui.

— Conférence de Sam Bowden.

— Tu ne te trompes donc jamais ?

— Non, mon chéri. Ta voix se fait plus grave et tu articules plus soigneusement.

— Si j'avais pu répéter, ce serait mieux. Je pense que nous allons bientôt assister à la fin de la délinquance juvénile. Il y a une nouvelle génération de jeunes qui grandit. De braves gosses, un peu étranges. La dépravation de leurs aînés les ennuie, autant que certaines conceptions philosophiques de leurs contemporains. Ils ne veulent plus de l'excuse du service militaire comme prétexte à la bagarre et au désordre. Ils sont très moraux, ces enfants. Ils sont peut-être sophistiqués, mais aussi modérés par goût. Ils me plaisent beaucoup, mais ils me déroutent aussi ; ils me donnent l'impression d'être une sorte de dégénéré un peu gâteux. Tommy est un brave gosse.

Carol reposa son verre et applaudit d'un air solennel.

— Et maintenant, nous allons rester là à écouter les grillons.

Ils demeurèrent silencieux, regardant la nuit tomber. Jamie et quelques-uns de ses amis jouaient dans la grange. Leurs vois perçantes se confondaient avec le bruit des insectes. Sam essaya de se détendre, de se laisser envahir complètement par la douceur de cette nuit d'été, mais quelque part au fond de lui il entendait toujours le tic-tac d'une pendule. Chaque seconde le rapprochait du danger. Et il savait que Carol l'entendait aussi. C'était comme s'ils avaient su que l'un d'eux était atteint d'une maladie mortelle. Ils ressentaient la beauté de l'instant d'une façon plus intense, leurs sens étaient plus aiguisés, mais ils étaient en même temps terriblement conscients de la fragilité de cette beauté, de cet instant.

Quand le téléphone sonna, Carol alla répondre et revint en disant :

— Va dire à l'équipe atomique qu'il est temps d'aller au lit.

— Atomique ?

— D'où sors-tu ? Ils sont en train de construire une voiture de sport atomique.

Le lundi matin, ils se mirent en route pour le camp. La plupart des parents auraient emmené leurs enfants dès le dimanche, et c'était ce qu'ils s'étaient proposé de faire au début, mais après un conseil de famille, Sam avait décidé de ne pas travailler le lundi et d'aller pique-niquer sur l'île le dimanche. La journée dans l'île avait été parfaite. Au retour, une forte brise s'était levée et Bucky, ayant accepté sa Nautamine un peu trop tard, avait été malade. Il avait passé la dernière demi-heure de la traversée par-dessus le bastingage, furieux, ayant l'impression d'avoir été trahi par son propre estomac.

Ils arrivèrent à onze heures à Minatella où ils avaient décidé de se rendre en premier malgré les protestations véhémentes de Jamie. Après avoir déchargé les bagages de Nancy, Sam alla voir l'administrateur du camp, un nouveau, sensiblement plus jeune que celui qu'il avait remplacé. L'entretien ne fut pas très concluant. L'homme s'appelait Teller. Sam le situa aussitôt. C'était le genre routinier, celui qui attachait beaucoup plus d'importance aux règlements qu'aux créatures humaines avec lesquelles il est en rapport. Il traita Sam d'une manière légèrement protectrice et il devint très vite évident qu'il le considérait comme un père très attentionné.

— Nancy a très bonne presse, ici à Minatella, monsieur Bowden. Nous sommes ravis de la revoir parmi nous et je suis sûr qu'elle profitera pleinement de son été.

— J'en suis absolument certain, monsieur Teller, mais là n'est pas la question. Ce qui m'inquiète, c'est sa sécurité.

— Mais nos campeuses sont surveillées d'une manière très stricte, monsieur Bowden, elles sont occupées toute la journée. Nous permettons à toutes celles qui sont bien notées d'aller le samedi après-midi à Shadyside et naturellement les plus jeunes sont accompagnées, mais les plus âgées peuvent...

Sam l'interrompit :

— C'est sa quatrième année ici, et je pense être aussi familiarisé avec le règlement que vous pouvez l'être vous-même. Nancy n'ira pas à Shadyside.

Teller eut l'air peiné.

— Mais c'est injuste pour l'enfant, monsieur Bowden. Quand elle verra les autres partir...

— Nancy accepte très volontiers de renoncer à ces excursions. Elle est... suffisamment adulte pour se rendre compte du danger qu'elle encourt.

Teller rougit.

— Je ne sais pas s'il est très sage d'effrayer une enfant, monsieur Bowden.

— Est-ce que nous sommes d'accord? Pas de voyages à Shadyside pour Nancy?

— Bien, monsieur Bowden. Je pense que si elle a besoin de quelque chose, il se trouvera quelqu'un pour le lui rapporter.

— Je suis sûr qu'il s'en trouvera des douzaines, disposés à le faire. Elle est plutôt populaire.

— J'en suis certain, monsieur Bowden.

A Ganatella, la situation était nettement plus rassurante. Après avoir rempli les formulaires, Sam rendit visite à M. Menard, qui le reconnut pour l'avoir vu l'année précédente.

— Hello ! monsieur Bowden. Ravi de revoir Jamie.

— Je voudrais vous parler au sujet...

— Au sujet d'un kidnapping possible ? Tommy Kent m'en a parlé. Toute la direction est au courant. Je leur ai donné des directives. Nous ne traiterons pas Jamie différemment des autres enfants, mais sans que cela soit ostensible, nous exercerons une surveillance spéciale sur lui et sur toute personne traînant autour du camp. Nous ne voulons pas que vous soyez inquiets. Et je parlerai à Jamie pour qu'il coopère avec nous.

— Je vous suis très reconnaissant. Je n'ai pas eu autant de chances à l'autre camp. J'ai l'impression que monsieur Teller n'a pas accordé beaucoup de crédit à mon histoire.

— Il est nouveau et a tendance à se prendre un peu trop au sérieux. Mais les enfants vont le dresser au bout d'une semaine et aussitôt que l'occasion s'en présentera, j'aurai une petite conversation avec lui !

— Je vous remercie beaucoup. Ce genre de problème... n'est pas très bon pour les nerfs.

— Je m'en doute. Restez-vous déjeuner avec nous, monsieur Bowden ?

— Non, merci. Nous devons repartir, monsieur Menard. Mais nous reviendrons le 20 de toute façon et probablement le 13 aussi.

Sur le chemin du retour, après que Bucky se fut endormi, Carol dit :

— Je sais, c'est inévitable, mais je déteste séparer la famille. Ça rend peut-être la vie plus facile, mais plus vide aussi. Je redoute tellement le moment où ils seront tous partis. J'y pense quelquefois dans la journée et la maison me semble si triste.

— Tu peux obtenir un sursis pour ça, ma belle.

— Comment ça?

— Avec un peu d'application et de coopération. Je pense que je pourrais arranger cela de façon... Hmmmm... Voyons, tu as trente-sept ans. Il irait à l'université à dix-huit ans. Trente-sept plus dix-neuf. Oui, ma chérie, tu pourrais avoir cinquante-six ans avant que la maison ne soit complètement vide. Évidemment il faudrait se mettre au travail sans tarder.

— Misérable débauché. Brute immorale.

— Ce n'est que maintenant que tu t'en rends compte!

Elle se rapprocha de lui et dit pensivement :

— S'il n'y avait pas cette histoire de Cady, j'aimerais bien avoir un autre bébé. Vraiment.

— C'est sérieux ?

— Oui. Même avec les couches, les biberons à stériliser. La tétée la nuit et tout le reste. Je crois que j'en ai vraiment envie. Parce qu'ils sont si différents les uns des autres. On a envie de savoir comment sera le prochain. Je ne sais pas comment t'expliquer, mais nos trois enfants, ce sont... de vraies personnes.

— Je comprends ce que tu veux dire.

— Et fabriquer des vraies personnes est une chose très spéciale. C'est une responsabilité séduisante et très effrayante aussi.

— Tu disais que Bucky serait le dernier.

— Oui et je l'ai dit pendant trois ans et maintenant j'ai changé d'avis.

— Tu n'es plus une jeune mariée, mon ange, bien que tu t'arranges souvent pour en avoir l'air.

— Les autres étaient très faciles.

— Ce n'est pas exactement ce que tu disais à ce moment-là.

— Peuh ! Pour nous autres femmes indiennes, ce n'est pas difficile.

— Attention, dans quelques minutes, tu vas te mettre à coudre des mocassins !

— Nancy serait horrifiée. Et tous nos amis prendront des airs entendus et diront que nous avons été imprudents.

— Mais tu veux tout de même affronter tout ça.

— Pas maintenant. Pas tant que nous ne saurons pas...

— Nous saurons très rapidement, je pense.

— Et quand ce sera terminé, nous en reparlerons, mon chéri ?

— Nous en reparlerons !

— Tu as aussi quelque chose à dire. Après tout c'est sur toi que ça retombe !

— Ne t'inquiète pas. Quand je ne me rappellerai plus leurs prénoms respectifs, je t'arrêterai.

Ils arrivèrent à la maison vers quatre heures. Bucky se réveilla péniblement et rentra à demi endormi. Le ciel était sombre et de gros nuages semblaient suspendus au sommet des peupliers. Le vent était violent et humide. Il secouait les volets de bois. La maison avait l'air très vide. Quand à six heures la pluie se mit à tomber avec violence, Sam sortit sa voiture pour que l'eau nettoie la poussière du voyage. Juillet était arrivé trop rapidement, et dix-neuf jours, ce n'était pas très long.

CHAPITRE VII

Sievers téléphona le lundi matin qui était le 8 juillet et vint voir Sam à dix heures et demie.

— Il y a du nouveau. On m'a prévenu au dernier moment, comme d'habitude. Je suis transféré en Californie. Je vais diriger une des agences Apex là-bas. C'est un avancement.

— Félicitations.

— Merci. Mais je ne vais pas pouvoir m'occuper de votre histoire.

— Ne pourriez-vous pas tout arranger avant de partir ?

— C'est beaucoup trop tôt. Mais j'ai pensé à vous quand même. Voulez-vous noter ? Joe Tanelli, 1821 rue du Marché. C'est un marchand de tabac avec un pari mutuel dans l'arrière-boutique. Ne dites pas votre nom. Mais recommandez-vous de moi. Il vous attend le mercredi 17. Il est au courant. Il veut cinq cents dollars comptant. C'est honnête. Donnez-les-lui. Et il en veut cinq cents autres si le travail est bien fait. Il va recruter des gars plus sérieux, cette fois.

Sam n'aurait jamais cru qu'une telle conversation pouvait être possible dans son bureau. Et le plus extraordinaire était que Sievers était parfaitement détendu. Comme s'il lui donnait une adresse pour avoir des œufs très frais.

— Je vous remercie.

Sievers prit un air pensif.

— C'était beaucoup plus facile dans le temps. A Chicago ou à Kansas City dans les années 34-35. Les tarifs n'étaient pas élevés. Dix dollars pour une jambe cassée. Et un maximum de deux cents dollars si vous vouliez faire tuer quelqu'un. Maintenant il n'y a plus qu'une poignée de tueurs dans tout le pays et encore ils sont retenus par le syndicat. Même si on arrive à les contacter, le prix est fabuleux. Bien sûr, on peut avoir un jeune gars excité, mais le boulot est bâclé. Tandis que les professionnels font du travail impeccable. Ils viennent en avion avec un bon alibi. A deux ou trois. Ils louent une voiture normalement, vont dans un hôtel. Ils choisissent bien le moment et l'endroit, exécutent la commande vite et bien, puis se tirent rapidement. Mais un amateur se fait toujours piquer et met dedans le type qui l'emploie.

Le rire poli de Sam sonna faux.

— C'est en dehors de ce que j'ai envisagé, Sievers, dit-il.

Sievers parut émerger de ses souvenirs et regarda Sam.

— Je ne voudrais pas vous rendre plus nerveux que vous ne l'êtes déjà, monsieur Bowden, mais tant qu'à faire, autant que je vous mette au courant. J'ai demandé des renseignements sur notre ami, uniquement par curiosité du reste, à l'agence Apex locale. Les Cady sont des vieux de la vieille. Des gens des collines. Ils étaient quatre frères, deux plus âgés que Maxwell et un plus jeune. Max n'avait pas eu de condamnation avant celle qui nous intéresse, mais ce n'était pas un ange pour autant.

Aucun des frères Cady ne l'était du reste. Max s'est engagé dans l'armée après avoir blessé un homme avec une bouteille brisée. C'était à cause d'une femme. Le tribunal lui a donné le choix entre s'engager ou aller en prison et il s'est engagé. Leur vieux a passé sa vie à entrer et sortir de prison. C'était un bouilleur de cru clandestin, et il avait un tempérament très violent. Il est mort d'une attaque il y a de ça trois ans. Il avait épousé la mère de Max quand elle avait quinze ans et lui près de trente. Elle vit avec le plus jeune des frères et elle a été simple d'esprit toute sa vie. Le plus âgé des quatre a été abattu, il y a huit ans, dans une bataille contre des agents fédéraux. Le second a été tué au cours d'une mutinerie dans une prison de Géorgie. Il purgeait une condamnation à vie. J'ai été vexé quand je me suis fait repérer par Max. Mais maintenant j'ai moins de complexes. C'est un vrai dur. Ils ne réagissent pas comme les autres. Il aurait échoué en prison de toute manière, qu'il soit accusé de viol ou non. Les gens comme lui ne font pas la différence entre le bien et le mal. La seule chose qui les intéresse est de savoir s'ils seront pris ou pas. Ils ne reculent devant rien s'ils pensent pouvoir s'en tirer.

— Est-ce qu'il n'y a pas un mot pour ça?

— Personnalité psychopathique. On nous apprend ce terme. Mais il groupe tous les gens qu'on ne peut pas classer ailleurs, qu'on ne peut pas traiter. Des gens qui restent insensibles à tout. Sauf peut-être à ce que nous nous proposons de faire. (Il se leva.) Il faut que je liquide pas mal de choses avant de partir. Joe va vous arranger ça.

Après le départ de Sievers, il se passa un bon moment avant que Sam puisse de nouveau se concentrer sur son travail. Il estimait que Sievers avait eu raison de le mettre au courant de ces faits désagréables, mais cela montrait Cady sous un jour plus sinistre encore. C'était comme quand vous étiez enfant et qu'une ombre déjà effrayante devient plus grosse et plus menaçante que vous ne l'aviez imaginée. Il se dit que Cady était humain donc vulnérable. Il se dit que c'était honteux d'avoir peur d'un homme. Et il décida qu'il était inutile d'effrayer Carol davantage en lui rapportant les paroles de Sievers. Il allait lui parler des nouvelles dispositions prises, mais seulement de cela.

Le vendredi 12 juillet, une fois la vaisselle du dîner expédiée, Sam lisait. Il leva les yeux de son livre en entendant Carol pousser une exclamation. Elle était assise sur le canapé en train de lire le journal. Elle baissa la feuille et regarda bizarrement Sam.

— Que se passe-t-il?

— Comment s'appelle l'homme que tu devais voir mercredi soir?

— Tanelli. Joe Tanelli.

— Tiens. Regarde.

Il vint s'asseoir près d'elle et lut la notice nécrologique d'un Joseph Tanelli, âgé de cinquante-six ans, habitant 118 Rose Sreet, mort la nuit précédente au Memorial Hospital d'une attaque. M. Tanelli exerçait la profession de marchand à New Essex depuis dix-huit ans.

— Ce n'est probablement pas le même, ma chérie.

— Mais si, c'est bien ça.

— Même si c'est bien lui, je peux établir un contact à l'adresse que Sievers m'a donnée.

— Tu crois?

— J'en suis absolument sûr.

— Dans ce cas, tu ne devrais pas attendre mercredi, tu devrais y aller dès demain soir.

— Mais est-ce qu'il n'y a pas la soirée des Kimball ?

— Je peux y aller toute seule et tu peux me rejoindre après.

— Je vais y aller demain après-midi.

— L'après-midi ? Ça me paraît plutôt quelque chose à faire le soir.

— Je peux toujours aller me renseigner demain après-midi. Voir si c'est bien le même homme.

Mais il était sûr que c'était bien le même. Un destin malveillant donnait à Cady tous les atouts du jeu.

Il faisait une chaleur écrasante dans Market Street à quatre heures de l'après-midi. Sam trouva un parking et ferma soigneusement les portes de la voiture. C'était un quartier où on fermait tout à clé automatiquement. Le n° 1821 ne présentait aucun signe particulier et n'avait pas l'apparence extérieure d'une boutique. Il fallait descendre deux marches pour arriver à la porte. Dans la petite vitrine, presque opaque tant il y avait de poussière dessus, il n'y avait que quelques panneaux défraîchis vantant les mérites respectifs de marques de cigares et de boissons non alcoolisées. Et sur le verre, en caractères dorés très écaillés, il y avait « CONFISERIE — CIGARETTES — JOURNAUX ». Ce côté de la rue était à l'ombre. Sur les marches de la maison voisine, une très grosse femme aux cheveux rouges, boudinée dans une robe sale d'un rose agressif, buvait une bouteille de bière à petites gorgées.

Sam descendit et essaya d'ouvrir la porte, mais elle était fermée.

— Ils ont bouclé à cause de Joe, beau blond, dit la femme d'une voix claironnante. (Il leva les yeux vers elle. Elle était plus jeune qu'il ne l'avait pensé tout d'abord.) Eh oui. Joe a cassé sa pipe. On a dû le carotter d'un cent et son pauvre cœur a flanché du coup! conclut-elle en gloussant.

Il remonta la chaussée et s'approcha d'elle.

— Vous ne savez pas quand ils vont rouvrir?

— Mais c'est ouvert. Ils ont juste bouclé par devant, par égard pour Joe, comme je vous ai dit. Je ne sais pas qui tient la boutique aujourd'hui ou qui va la reprendre, mais ils ne vont pas louper un jour de travail, surtout pas un samedi!

Sam se rendit compte qu'elle était complètement partie.

— Que faut-il faire pour entrer? demanda-t-il.

— Ben, pour ça, il faut que vous passiez par-derrière, que vous preniez la première rue, que vous tourniez à gauche et que vous comptiez trois portes. Et vous frappez à la troisième. Mais ils vont vous plumer. Feriez mieux de ne pas y aller.

Il la remercia et suivit ses instructions. La porte était massive sans carreau. Elle s'entrouvrit de quelques centimètres et une figure ressemblant à un pudding mal cuit avec des yeux comme de petits raisins fit son apparition et dit en le fixant :

— Ouais?

— Je... Je voudrais parler à la personne qui dirige cet endroit.

Il entendit un brouhaha de voix derrière la porte.

— A quel sujet?

— Je... Sievers m'envoie.

— Attendez.

La porte se referma. Une longue minute s'écoula, puis la porte se rouvrit de nouveau. Personne n'avait entendu parler de Sievers!

— Joe Tanelli le connaissait.

— C'est bien trouvé.

Les petits yeux le transpercèrent et il eut l'impression qu'ils voyaient derrière lui.

— Et... si je voulais passer un pari?

— Allez au champ de courses!

— Attendez...

Mais la porte s'était déjà refermée. Il attendit un instant puis frappa de nouveau.

— Dites donc, mon vieux, dit le pudding.

— Laissez-moi au moins vous expliquer. Joe allait faire quelque chose pour moi. Maintenant il ne peut plus, évidemment. Mais moi, je tiens toujours à ce que le travail soit fait et je suis toujours disposé à payer et je voudrais savoir à qui m'adresser.

— A moi. Alors, de quoi s'agit-il?

— Je ne peux pas rester là dehors et vous raconter mon histoire.

— Écoutez, vieux, moi, j'exécute des ordres. Je n'ai pas de combines personnelles. Joe, lui, en montrait. Il avait sa manière, moi, j'ai la mienne. Alors, allez dire à vos copains que vous n'avez même pas pu entrer. (La porte se referma à demi puis se rouvrit de nouveau.) Et ne restez pas là à traîner et ne frappez pas. Sinon on va sortir et s'expliquer avec vous.

Et la porte claqua. Sam ne quitta le quartier que vers dix heures du soir. Dans les films, tout se déroulait toujours si facilement. Le héros avait constamment à sa disposition des quantités de types sinistres prêts à égorger pères, mères et épouses quasiment pour rien. Il fit la tournée des bars les plus mal famés qu'il put découvrir. Et lui qui n'avait jamais pu parler à un étranger sans malaise, il essaya d'engager la conversation avec des individus dont le moins qu'on puisse dire est qu'ils avaient l'air de tout, sauf de gens recommandables. Vers dix heures, découragé et assez ivre, il abandonna.

Il conduisit prudemment en revenant et alla directement chez les Kimball. La soirée se déroulait dans le jardin, derrière la maison. Dorris Kimball lui trouva un morceau de viande froide et le réchauffa sur ce qui restait de braises. Un vrai morceau de caoutchouc ! Il y avait une douzaine de couples. Ils étaient en train de jouer à un jeu compliqué qui avait l'air de les amuser beaucoup et le laissa absolument froid. Aussitôt qu'il le put, il emmena Carol dans les bosquets.

— Un vrai succès, dit-il amèrement. J'ai été saisi d'admiration devant ma propre efficacité. Autant essayer de vendre des cartes postales obscènes à la sortie de la messe !

— Tu as été obligé de boire beaucoup ?

— Pas mal. Et j'ai été appelé de toutes sortes de noms : beau blond, vieux, mec, et je t'en passe.

— Tu ne peux rien faire ?

— Je peux téléphoner à Sievers lundi matin. Bon Dieu, cette soirée est sinistre.

— Chut ! mon chéri, pas si fort ! Et elle n'est pas si ennuyeuse que cela.

— Est-ce que nous pouvons partir bientôt ?

— Quand tu veux. C'est vraiment trop de malchance que ce M. Tanelli soit mort comme ça.

— Un sale coup pour ce vieux Joe aussi !

Le lundi matin, la branche locale de l'agence Apex, lui donna le numéro de téléphone de Sievers en Californie. Quand il appela on lui dit que M. Sievers n'était pas dans son bureau, mais qu'il allait le rappeler.

Il était trois heures quand Sievers téléphona.

On entendait très bien, mais Sievers lui donna l'impression d'être lointain, de manquer d'intérêt.

— Il a eu une attaque ? Ce n'est vraiment pas de chance.

— Ça rend les choses difficiles pour moi, Sievers.
— Je m'en doute.
— Qui dois-je voir pour... le même genre de service ?
— Je ne crois pas qu'il y ait quelqu'un d'autre à aller voir.
— Qu'est-ce que je vais faire ?
— Ça peut être monté autre part. On peut envoyer quelqu'un. Cela coûterait plus cher et ça prendrait du temps.
— Pouvez-vous m'aider ?
— Vous savez, je suis plutôt débordé ici et... franchement, je suis sur un pied différent ici, Bowden. C'était une affaire entre nous, mais je ne peux rien faire d'officiel. Rien de ce genre en tout cas. Vous me comprenez ?
— Je crois, oui.
— J'ai fait ce que j'ai pu. C'est un manque de pot pour vous.
— Peut-être puis-je trouver quelqu'un tout seul ?
— Je ne le pense pas. Et ce serait très risqué. Je crois que le mieux... serait de mettre votre famille à l'abri !
— Je... je vois.
— Je suis désolé de ne pouvoir faire davantage.

Tout cela n'était pas très encourageant. En tout cas, ça semblait éliminer cette tactique de défense. Et il fallait en trouver une autre.

Ils en parlèrent ensemble, Carol et lui, le lundi soir. Elle prit les choses plus calmement qu'il ne l'avait redouté.

— Je sais bien que ça a l'air plus raisonnable, dit-elle. Mais nous allons être tous dispersés. Nancy et Jamie au camp. Bucky et moi, Dieu seul sait où. Il ne restera que toi et ça me fait peur, mon chéri. Nous ne pourrons t'être d'aucun secours s'il t'arrive quelque chose.

— Je vais être le plus affreux poltron qui soit, mon ange. Je prendrai une chambre à l'hôtel de New Essex, et je ne sortirai pas après le coucher du soleil et je n'ouvrirai pas la porte à moins d'être absolument sûr de l'identité de la personne qui a frappé.

— Et puis suppose qu'il ne se passe rien ? Quand reviendrons-nous ? Comment saurons-nous que c'est terminé ?

— Je ne pense pas qu'il se montrera bien patient, quand il sortira. Je pense qu'il se manifestera, et que ce sera contre moi et je ferai tout pour qu'il ne réussisse pas. Et s'il fait ce faux pas, alors nous aurons une preuve contre lui qui l'enverra à l'ombre pour un certain temps.

— Oh, oui. Pour un an ou pour trois, et nous passerons de délicieux moments à essayer de prévoir ce que nous ferons quand il sera relâché. Exactement comme ce mois-ci. Plein de rires nerveux et de mauvaises plaisanteries.

— Ça finira par s'arranger.

— Excuse-moi d'être obligée de te demander de ne plus passer ton temps à me dire ça. Ça me fait le même effet que si tu me tapotais la joue. Nous espérons que ça s'arrangera. Nous l'espérons sincèrement. Mais il n'y a aucune garantie, n'est-ce pas, mon chéri ?

— Non. Nous devons uniquement faire tout ce qui est en notre pouvoir. Et à ce propos je pense que tu seras charmée d'apprendre que dès demain je vais devenir un personnage téméraire et dangereux avec la bénédiction du capitaine Dutton.

— Que veux-tu dire ?

— Il va me délivrer un permis. Il s'est montré plus compréhensif que je ne le pensais. Pendant l'heure du déjeuner, je passerai chercher un outil très laid et très efficace fabriqué par Smith and Wesson. Et quand le baudrier sera réglé, je le porterai ici. Personne ne peut me le faucher, mais quand j'en ai besoin, il me saute quasiment dans la main, s'il faut en croire Dutton. Après ça, je n'aurai plus besoin que d'une caisse de gin, une belle blonde consentante et un petit bureau miteux.

Elle le regarda froidement.

— Beaucoup de mots d'esprit pétillants et un sourire tellement embarrassé !

— Mais que diable veux-tu que je fasse ? Que je serre les dents et prenne un air martial ? Bien sûr que je suis embarrassé, gêné. Ce n'est pas exactement mon genre, tu sais. J'ai peur de Cady. Comme un gosse qui a des cauchemars. Quand je pense à lui, mes mains deviennent moites et j'ai froid au ventre. J'ai tellement peur que je vais porter ce revolver sur moi, et que demain soir je m'exercerai tellement longtemps que quand j'aurai fini, je serai capable de viser n'importe quoi et d'atteindre ce que je vise. Je vais me sentir comme un petit garçon qui joue aux gendarmes et aux voleurs. Et mes pitoyables bons mots, je les fais par pure nervosité. Mais c'est beaucoup plus confortable d'être devenu une cible qui peut riposter.

Il s'arrêta de marcher en long et en large, la regarda et vit les larmes qui coulaient le long de ses joues. Il s'assit près d'elle, la prit dans ses bras et lui embrassa les yeux.

— Je ne devrais pas te faire de scène, murmura-t-il.

— Je... je n'aurais pas dû dire ce que j'ai dit. J'en ai eu brusquement assez de notre fausse gaieté. C'est devenu un peu machinal. Mais c'est comme ça que nous sommes, je suppose. (Elle lui sourit tristement.) Et je ne pourrais pas supporter un mari pondéré et sans humour. Je... je suis contente que tu aies ce revolver. Je me sens plus tranquille, vraiment.

— Moi, mon revolver et mon bavardage imbécile.

— Je vous prends tous les trois. Et avec joie.

— Bon, maintenant revenons à notre programme. Nous partons vendredi matin de bonne heure. Nous cherchons un endroit pour toi et Bucky. Nous y passons la nuit de vendredi à samedi. Samedi nous allons voir Nancy pour son anniversaire. Je reste avec vous de samedi à dimanche et dimanche je repars.

— Pourquoi ne prendrions-nous pas les deux voitures, mon chéri ? Quand nous irons au camp, nous pourrons laisser la M.G. à l'endroit que nous aurons trouvé et dimanche tu pourrais la prendre pour revenir en ville et aller poser tes bagages à l'hôtel.

— Bonne idée.

— Je déteste être loin de toi.

— Tu n'es pas la seule.

Sam revint le mardi soir, portant le revolver sur lui. La courroie l'irritait et il se rendait compte qu'il se passerait un certain temps avant qu'il ne s'y habitue. Il l'avait porté l'après-midi, se sentant complètement idiot et soupçonnant que toutes les personnes qui le voyaient dans la rue avaient l'œil attiré par cette bosse suspecte sous son bras gauche.

Carol lui fit passer l'inspection, tournant autour de lui. A la fin, elle dit :

— Je sais que c'est là, alors évidemment j'aperçois la masse que ça fait. Mais je crois, mon chéri, que tu as le genre de silhouette pour porter ça. Tu es mince et tu as des vestes coupées très larges.

— Tu vas pouvoir grimper sur la colline dans un petit moment, et m'admirer aussitôt que je me serai familiarisé avec cet engin. Dutton dit qu'il ne faut pas viser, mais pointer aussi naturellement que tu pointes le doigt. Où est donc Bucky ? je n'en veux pas près de la ligne de feu.

— Liz Turner l'a emmené avec toute une charretée d'enfants à la foire du comté.

— C'est bien noble et généreux de sa part.

Il alla s'exercer, emportant trois boîtes de cartouches, un morceau de drap et de la ficelle. Il attacha le drap autour d'un tronc d'arbre suffisamment épais pour simuler un torse d'homme. Il dessina un cœur sur le côté gauche de la poitrine. Au début, il fut très lent, gauche et peu précis. L'arme faisait un bruit sourd, mat, beaucoup plus impressionnant que l'aboiement du 22. Il tira une douzaine de fois pour la précision, puis s'exerça pendant un long moment, faisant des progrès sensibles. Carol monta le voir.

— C'est plus calé que je ne le pensais.

— Tu n'es pas un peu près?

— Je suis à sept mètres, mon chat. Cet engin n'est pas destiné à tirer à longue distance. Je ne suis pas prêt à faire une démonstration, mais j'essaye.

Il desserra légèrement le drap, le retourna du côté qui n'avait pas encore servi, puis le resserra.

— Qu'est-ce que c'est?

— C'est le cœur.

— C'est trop petit et ça devrait être plus au milieu.

— Arrête de critiquer tout le temps. Bon. Je suis en position. Je suis à moitié tourné. J'ai les mains pendant le long du corps. Désinvolte et décontracté. Quand tu en auras envie, crie feu.

— Feu!

Il attrapa la crosse d'un geste précis, pressa la détente et vida le chargeur. Il fit cinq trous noirs dans la cible, le premier dans la région du ventre, un à la taille, et trois autres assez bien centrés dans la poitrine.

— Hé! fit-elle, franchement impressionnée.

Elle avait pâli et semblait avaler avec difficulté.

— Peut-être ai-je trop d'imagination, mon chéri, mais tout ceci paraît si... fonctionnel.

— Ça l'est absolument. C'est fabriqué pour tirer sur des gens. Ça a été conçu pour obtenir le maximum de vitesse et le maximum d'efficacité pour la taille de l'engin. Il n'y a là rien de joli, ni de romantique. (Il ouvrit l'arme, éjecta les cartouches vides et la rechargea.)

— Veux-tu essayer?

— Je ne crois pas. Je n'aime mieux pas.

— Est-ce que la démonstration t'as un peu rassurée?

Elle acquiesça.

— Oui, Sam vraiment, mais c'est drôle de penser à toi... comme...

— Je sais ce que tu veux dire. Ce cher vieux Sam aimable et doux. C'est également l'opinion de Dutton. Il me l'a très clairement fait comprendre à sa manière. Il m'a raconté que l'armée avait eu beaucoup d'ennuis pendant la guerre et en Corée avec des soldats qui ne voulaient pas se servir de leurs armes. On ne connaissait pas la raison exacte. Un mélange probablement, la civilisation, l'éducation chrétienne, le respect de la vie et de la dignité de l'individu. Il m'a dit qu'ils ont eu les mêmes inconvénients dans la police. Ils choisissent un petit gars avec de bons réflexes qui se débrouille très bien à la cible. Et quand ils le mettent sur un coup un peu dur, il fait exactement ce qu'on lui a appris, il va jusqu'à mettre en joue avec le doigt sur la détente. Et là il s'arrête et pour un peu que les choses aillent un peu mal, ils ont un flic mort sur les bras. Pour moi-même, je ne sais pas. Je peux très bien tuer là, cet arbre, les lèvres serrées comme un vrai tueur. Mais s'il s'agissait de chair et de sang ? Je ne sais pas. Vraiment pas. Si j'avais déjà participé à un combat, je pense que je saurais. Il me semble que je pourrais. Je dois m'exercer de façon que ça devienne automatique, qu'appuyer sur la détente fasse partie d'un tout et que ce ne soit pas seulement une partie de la fin. Alors si j'ai commencé, je pourrai aller jusqu'au bout.

Elle inclina la tête et l'examina.

— Tu es tellement lucide, Sam, dans ta façon de t'analyser.

— Oui, tu as raison. Je ne me considère pas comme un fringant personnage. Je suis un sédentaire, un rond-de-cuir de quarante ans, qui a une hypothèque, une famille et une assurance sur la vie. Cette atmosphère nouvelle de violence et de menace me va exactement comme un tablier à une vache. C'est d'une banalité navrante de dire que la vie vous apporte des choses curieuses et inattendues. J'essaye de faire face à celle-là, mais, ma belle squaw, il y a quelque chose dans cette histoire qui me donne l'impression d'être une souris blanche dans la fosse aux serpents.

Elle vint vers lui et lui prit les mains.

— Je peux te dire moi, que tu n'es pas une souris blanche. Tu es aussi brave que n'importe quel homme. Tu as de la force et de la chaleur. Tu sais comment aimer et être aimé. C'est un art très difficile. Et tu es mon homme à moi et je ne voudrais pas que tu changes, en rien.

Il l'embrassa et la garda dans ses bras. Il regarda

par-dessus son épaule et le reflet sombre du revolver lui parut incongru. Il tourna son poignet, de manière à ne pas salir sa blouse bleu pâle. Et derrière le revolver il voyait la cible blanche avec son cœur dessiné et les cinq trous noirs qui la transperçaient.

CHAPITRE VIII

Ils partirent de bonne heure le vendredi matin et se dirigèrent vers le sud-est, vers les jolis petits villages de vacances situés en bordure du lac. Bucky avait l'air d'accepter l'idée que sa mère avait envie de vacances sans travaux d'aucune sorte et qu'il l'accompagnait. Ils lui avaient expliqué qu'après le camp, c'était la chose la plus agréable.

Ils allaient doucement, par de petits chemins et arrivèrent à Suffern, à cent cinquante kilomètres de Harper, pour le déjeuner. Ils firent un très bon repas dans la salle à manger tranquille d'une auberge du bord du lac. C'était un bâtiment ancien, plein d'une dignité un peu gauche, datant de l'époque victorienne. Un petit homme affairé leur montra deux chambres au troisième étage avec vue sur le lac et salle de bains communicante. Le prix de la location en était raisonnable et les chambres avec leur mobilier en érable étaient propres et gaies. Le prix de la pension comprenait le petit déjeuner et le dîner, l'usage de la petite plage, des bateaux, du croquet et des deux tennis. Oui, il y avait d'autres enfants dans l'hôtel et ils s'étaient toujours fait un point d'honneur de ne pas exclure les enfants, mais ils ne voulaient pas d'animaux. Ce rappel même indirect à Marilyn attrista Bucky. Sam décida qu'il était absolument inutile de s'inscrire sous un faux nom. Ce serait ridicule et mélodramatique. Carol dit qu'elle écrirait directement au bureau et, comme précaution supplémentaire, ne se servirait que d'enveloppes où il n'y aurait pas l'adresse de la pension.

Après que Carol et Bucky eurent défait leurs paquets et se furent changés, ils allèrent faire une promenade dans le village, puis revinrent et attendirent que le court de croquet fût libre. Carol se révéla être un partenaire dangereux et bien que Sam eût fait équipe avec Bucky, elle les battit à plate couture.

Le soir, quand ils furent couchés dans le grand lit, Carol dit :

— Je vais faire une dépense extravagante et acheter une raquette de tennis. Je suis devenue toute flasque et j'ai besoin de me refaire les muscles.

— Flasque ? Flasque ? Où ça ? Ici ou ici ?

— Veux-tu bien arrêter, idiot.

— Est-ce que tu vas te plaire ici ?

— Je ne serai pas heureuse, mais je me plairai autant ici que dans n'importe quel endroit sans toi.

Elle se mit à rire.

— Que se passe-t-il ?

— Je pense à Bucky, son air dédaigneux quand ces deux petites filles lui ont fait des avances.

— Il a tout de même fini par aller jouer avec elles.

— Mais d'une manière tout à fait supérieure et protectrice. C'est un vrai petit mâle.

— Et demain, l'anniversaire de Nancy.

— Quinze ans. Mon Dieu ! Quel âge terrible.

— C'est une hérésie que de dire ça.

— Mais non. J'étais désespérément malheureuse à quinze ans. Chaque fois que je me regardais dans un miroir, ça me brisait le cœur. J'étais épouvantable. Mon Dieu! Comme je voudrais que nous soyons tous ensemble. Je voudrais que dimanche n'arrive jamais, et que je ne sois pas obligée d'être là essayant de sourire, pendant que tu t'en iras.
— Ne pense plus à ça.
— Je ne peux m'en empêcher.
— Peut-être puis-je essayer de te distraire?
— M-mmmm. Peut-être!

Comme ils l'avaient annoncé par lettre, ils passèrent prendre Jamie à son camp avant le déjeuner. Il était bronzé et mince et étonnamment propre. Puis ils poursuivirent leur route vers Minatella, à cinq kilomètres de là, pour aller chercher Nancy. Nancy avait un air insolent de bonne santé et du bonheur plein les yeux.

Ils reprirent la voiture et s'en allèrent à une cinquantaine de kilomètres, à Aldermont, où ils firent un déjeuner d'anniversaire à l'hôtel Aldermont. On les installa dans une alcôve, près de la salle à manger pour qu'ils soient plus tranquilles.

Nancy pétillait. Le camp était extraordinaire cette année. M. Teller était très embêtant, mais on ne le voyait pas beaucoup. Elle s'occupait du comité des fêtes, et Tommy Kent s'en occupait pour Ganatella, de cette manière, ils se rencontraient souvent. Tommy se débrouillait magnifiquement. Il était en quelque sorte devenu l'assistant personnel de M. Menard. Une fille avait attrapé un urticaire monstrueux avec des plantes et on avait été obligé de la renvoyer chez elle. Une autre était tombée de cheval et s'était démis l'épaule, mais elle ne rentrait pas chez elle. Il y avait un nouveau bateau pour faire du ski nautique et les deux camps s’en servaient chacun à leur tour. Tommy Kent conduisait le bateau.

Quand Nancy eut terminé, Jamie, à son tour, raconta ses aventures. Il y avait un type qui se croyait malin dans sa chambre et Jamie avait dû le boxer et M. Menard avait arrêté le combat après que Jamie eut envoyé le type deux fois au tapis et maintenant ils étaient amis. Il avait passé son brevet de sauvetage. Il avait tué un serpent avec un bâton. Il était en train de fabriquer son propre arc. Avec du bois de citronnier. Il fallait le gratter avec des morceaux de verre et on faisait la corde avec du fil de lin qu’on enduisait de cire.

Après le déjeuner, Sam alla chercher les cadeaux dans la voiture. Nancy se montra ravie de tout ce qu’on lui avait apporté. Il y eut les traditionnels cadeaux de consolation pour Jamie et Bucky. Consolation parce que c’est l’anniversaire de quelqu’un d’autre.

Carol emmena Bucky et laissa Sam avec les deux aînés afin qu’il puisse les mettre au courant des nouvelles dispositions. Ils étaient en droit de savoir que leur mère et Bucky étaient à Suffern, mais ils ne devaient le dire à personne. Nancy demanda si elle pouvait le dire à Tommy et Sam lui donna la permission. En cas grave, ils pouvaient téléphoner à leur mère ou l’appeler lui, soit au bureau, soit à l’hôtel.

Jamie avait pris un air sombre et dit à son père :

— C’est un peu comme de se sauver, tu ne trouves pas ?

— Oh, toi ! dit Nancy.

— Laisse, Nancy. Oui, mon fils, en un sens c’est ça. Mais je ne me cache pas. Je vais être prudent, mais je ne vais pas me cacher. On met toujours les femmes et les enfants d’abord, dans les canots de sauvetage en cas de naufrage.

— Tommy et M. Menard me disent tout le temps de rester avec les autres, dit Jamie. Il n'a qu'à venir au camp, ce sale empoisonneur. On va l'arranger. On lui jettera des pierres tous ensemble en même temps, en plein sur la tête. Puis on l'attachera et on l'emmènera dans la cuisine et on le passera à la nouvelle machine à hacher la viande, celle qui coûte cent vingt dollars, dit M. Menard.

— Jamie! s'exclama Nancy. Ne dis pas des choses aussi horribles.

— Est-ce qu'elle a le droit de me donner des ordres, maintenant qu'elle a quinze ans?

— Si tu lui racontes des histoires qui lui gâchent son déjeuner, elle a le droit de protester.

— Et je mettrai la machine au plus fin, continua Jamie, sinistrement.

— Bon. Je trouve aussi que ça suffit, jeune homme. Maintenant, vous savez tout, mes enfants. Soyez prudents. Cet homme a une voiture. Il est sorti de prison. Quand il trouvera la maison fermée, il pourra découvrir facilement, dans le village, à quel endroit vous êtes partis passer vos vacances. Je sais qu'il connaît Nancy de vue et probablement toi aussi, Jamie. Prêts à partir? Votre mère et Bucky nous attendent dans le salon.

— C'est drôle de penser que personne n'est à la maison, dit Nancy. (Elle posa timidement la main sur le bras de son père.) Fais bien attention à toi, papa.

— Je te le promets, dit Sam.

Le dimanche soir, Sam dîna tout seul au grill-room de l'hôtel de New Essex, puis passa prendre un verre au bar avant d'aller se coucher. Il se sentait très seul au monde. En quittant la pension, au bout de l'allée, il s'était arrêté et avait fait des signes à Carol et à Bucky qui se tenaient serrés l'un contre l'autre. Il avait conduit beaucoup trop vite sur le chemin du retour.

Une voix de stentor le fit sursauter.

— Alors, on se balade en ville, Sam?

Il se retourna et reconnut la large et souriante figure de Georgie Felton. Il essaya de paraître suffisamment content pour ne pas être impoli.

Georgie Felton était un marchand de biens qui réussissait parfaitement. Il était grand et gros, doté d'un humour discutable et d'un cuir particulièrement épais. Il entourait les femmes de prévenances qui dès la seconde entrevue s'agrémentaient de sous-entendus assez grossiers. Avec les hommes, il donnait dans le genre joyeux luron. A l'arrière-plan il y avait une Angela Felton potelée et quatre petits Felton non moins potelés. Jusqu'au jour de sa mort on l'appellerait Georgie. Carol le détestait. Elle ne pouvait pas comprendre qu'il ait réussi dans son métier. Pendant qu'ils cherchaient une maison, il les avait emmenés visiter des endroits qui étaient si manifestement le contraire de ce qu'ils cherchaient qu'elle l'avait soupçonné de faire quelque plaisanterie particulièrement obscure. Mais Georgie était très sérieux.

— Hello, Georgie, fit Sam.

Georgie lui assena un coup sur l'épaule droite et dit :

— Benny, donnez-donc un autre verre à M. Bowden.

— Non, vraiment pas.

— Allons. Si vous tenez encore debout, vous pouvez en supporter un autre. Qu'est-ce qui vous amène en ville ce soir? Un rendez-vous avec une mystérieuse blonde?

— J'habite l'hôtel en ce moment.

Georgie leva les sourcils :

— Oh ! Oh ! Sam, mon vieux ; ça arrive aux meilleurs d'entre nous. Vous ne pouvez pas vivre avec elles et vous ne pouvez pas vivre sans elles. Un petit mot de travers et vous voilà fichu dehors.

Sam se sentit très agacé. Il n'avait nulle intention de parler de ses ennuis à Georgie.

— Ce n'est pas ça du tout, Georgie. Deux des enfants sont au camp et Carol prend de petites vacances avec le plus jeune.

Georgie eut un hochement de tête avisé.

— On entend beaucoup parler de ça, Sam, des vacances conjugales. Ne plus se voir pendant un temps. (Il lança à Sam un clin d'œil égrillard et lui donna un coup de coude dans les côtes qui faillit le faire trébucher.) Mais je n'ai jamais réussi à faire comprendre ça à Angela. Expliquez-moi donc comment m'y prendre, mon vieux Sam. (Il renversa la tête en arrière, se mit à rire, et lui assena un autre coup de coude.) Vous avez quelque chose en vue, mon vieux ? Vous ne voulez pas emprunter le petit carnet d'adresses de l'oncle Georgie ?

— Non, merci, dit Sam en évitant le coup de coude suivant. Et pour l'amour de Dieu, cessez de me bourrer les côtes, Georgie.

— Quoi ? Ah ! C'est une sale habitude que j'ai. Dîtes-moi, c'est mort par ici. Allons donc dans un endroit plus rigolo ! Hein ?

— Je suis désolé, Georgie. Je vais monter et lire un peu avant de me coucher.

— Allons, mon vieux. On pourrait...

Georgie s'arrêta brusquement. Sam le dévisagea. Georgie s'humectait les lèvres et regardait fixement la veste de Sam. Sam suivit son regard et vit la crosse du revolver. Il reboutonna rapidement sa veste pour le cacher.

— Pourquoi diable trimballez-vous ce truc ? chuchota Georgie, scandalisé.

— Eh bien, voilà, Georgie. Il y a un homme qui me cherche pour me tuer. Il peut faire irruption à tout moment.

Georgie regarda autour de lui nerveusement.

— Vous plaisantez ?

Sam le fixa d'un air solennel.

— Nous autres avocats, nous nous faisons des ennemis, Georgie.

— Et... et il est en ville ?

— Il peut entrer dans cette pièce d'un instant à l'autre.

Georgie se recula.

— Eh bien, je veux bien être pendu !

— N'en parlez à personne, surtout.

— Non, non, soyez tranquille. (Il regarda sa montre.) Il faut que je m'en aille. Je suis ravi de vous avoir rencontré.

Il partit presque en courant.

La plaisir que Sam avait retiré de ce petit incident s'atténua rapidement. Georgie allait raconter ça à tout le monde. Il termina son verre et alla se coucher.

Rien ne se passa ni le lundi, ni le mardi, ni le mercredi. Sam continuait à se montrer prudent. Il appelait Carol de son bureau. Elle masquait sa nervosité et sa solitude sous une allégresse apparente. Mais le camouflage n'était pas parfait. Le mercredi matin, Sam reçut une longue lettre d'elle remplie de détails. Elle décrivait les autres habitants de l'hôtel. Elle avait trouvé une partenaire au tennis, une grande fille vigoureuse, dont le mari était capitaine au long cours. Son jeu était encore un peu rouillé, mais ça commençait à revenir. Bucky avait montré un tel intérêt, qu'elle lui avait trouvé une petite raquette et lui apprenait les premiers rudiments. Ça entrait très vite. Bucky était plein de dédain envers le poste de télévision miteux de l'hôtel. Il y avait une bonne bibliothèque dans le grand drugstore de la ville. Et il lui manquait. Et tous les deux s'ennuyaient de la maison et des campeurs.

Jeudi après-midi, Sam décida qu'il en avait assez d'attendre et de faire des hypothèses. Il était temps pour la souris blanche de s'aventurer hors de son trou et de se mettre à la recherche du chat.

Il fit son entrée au Nicholson Bar à six heures du soir. La partie bar était une pièce étroite aux murs couverts de contreplaqué peint en vert foncé avec des tabourets tapissés d'une imitation de cuir également vert. Il y avait des miroirs et du chrome et un éclairage compliqué derrière le bar. L'ensemble avait un aspect usé et minable. La peinture et le plastique étaient abîmés, ainsi que les glaces et les chromes. La télévision marchait et, sur le juke-box, un écriteau annonçait : « En panne ». Trois hommes étaient installés au bout du bar, têtes rapprochées, en train de discuter à voix basse. Il n'y avait pas d'autres clients.

Un peu plus loin, derrière, il y avait une autre pièce plus large, sans fenêtre, éclairée par deux spots braqués en diagonale sur une petite estrade, où se trouvaient un minuscule piano blanc et une batterie très bosselée. Deux couples étaient installés là. Une serveuse s'appuyait dans l'embrasure de la porte qui séparait les deux pièces. Elle était revêtue d'un uniforme vert foncé recouvert d'un tablier blanc taché. C'était une rouquine fade, en train de se curer une molaire avec application.

Le barman essuyait machinalement un verre, les yeux rivés sur la télévision. Sam prit un tabouret près de la porte, puis changea de place, allant s'installer au fond, de manière à pouvoir surveiller l'entrée. Le barman se dirigea vers lui, quittant à regret la télévision. Il essuya le dessus du bar devant Sam et demanda :

— Monsieur ?

— Une bière, s'il vous plaît.

— Tout de suite.

Il apporta la bière et un verre, prit l'argent de Sam, et lui rendit la monnaie.

— Il n'y a pas grand monde !

— Jamais à cette heure-ci. Nous travaillons surtout le soir.

— Est-ce que vous n'avez pas vu Max, ces jours-ci ?

— De quel Max voulez-vous parler ? nous avons beaucoup de Max.

— Celui qui est chauve et très bronzé.

Le barman se mordilla la lèvre inférieure.

— Oh, ce Max-là. Je l'ai vu il n'y a pas très longtemps. Laissez-moi réfléchir. C'était samedi soir. Il est venu, oh, peut-être dix minutes. Il n'a fait qu'entrer et sortir pratiquement. Il a eu des ennuis, je ne sais pas si vous êtes au courant. Il a un peu assommé un flic et ils l'ont bouclé pendant trente jours.

— Et Bessie McGowan ? Est-ce qu'elle est venue ?

— Elle ? Elle est toujours ici. Je voudrais bien qu'elle change de crémerie. Si vous la connaissez, vous savez dans quel état elle peut se mettre. Elle devrait arriver d'une minute à l'autre.

Un des hommes assis au bout du bar appela le barman qui laissa Sam. Dix minutes plus tard, au moment où il s'apprêtait à renouveler sa bière, une femme entra. Si elle avait voulu paraître délibérément grotesque, elle n'aurait pas mieux choisi ses vêtements. Elle portait des escarpins blancs aux talons vertigineux, un pantalon de torero noir collant, une large ceinture en peau blanche et un sweater tout aussi collant rayé rouge et blanc. Une femme faite au moule aurait pu à la rigueur se permettre un pareil accoutrement. Mais celle-ci avait entre quarante et cinquante ans, avec une tignasse si décolorée qu'elle avait pris la couleur et la texture du chanvre. Elle avait un visage de pékinois et des lèvres peintes en rouge vif. Sa taille était étonnamment fine par comparaison avec ses énormes hanches, et sa poitrine incroyablement grosse. Il était évident, malheureusement, qu'elle ne portait rien sous son pantalon, et un simple soutien-gorge sous son sweater. Elle était violemment parfumée et balançait un sac à bandoulière blanc au bout d'un doigt. Elle était grotesque, ridicule et incroyable. Mais il n'y avait rien de pathétique chez elle. Elle menait sa propre guerre contre la vieillesse. Elle rappelait la grande époque des saloons.

Elle posa le sac au milieu du bar et, d'une voix usée par l'alcool et le tabac, demanda :

— Un whisky et de l'eau, Nick.

— Le chèque est arrivé? demanda le barman soucieux.

— Mais oui! Le chèque est arrivé. Ce qu'il peut être méfiant celui-là!

Elle jeta un billet de cinq dollars sur le bar. Le barman prit la bouteille, et dit, en désignant Sam :

— Il y a un de vos amis qui vous réclame, Bessie.

Elle se retourna, le regarda et marcha vers lui. Il vit que ses yeux étaient très grands, gris et exceptionnellement beaux.

— Bon Dieu! Un homme qui se lève. Asseyez-vous, mon vieux, avant que j'aie une attaque. (Elle s'assit sur le tabouret voisin du sien, et l'examina, perplexe.) J'ai beau vous regarder, je ne vous remets pas. D'habitude j'y arrive, pourtant. Eh, Louis, donne-moi une idée.

Le barman posa un verre de whisky, un verre d'eau et sa monnaie devant elle.

— Eh bien, Bessie, je vous ai rencontrée, il y a un mois de ça. Vous étiez dans une de ces boîtes près du lac, à l'est de la ville. Avec un chauve qui s'appelait Max. Vous m'aviez dit que c'était votre boîte favorite ici.

— Ça ne va bientôt plus être la boîte favorite de personne, si Nick et Whitey continuent à être aussi regardants sur l'argent. Je me souviens de ce Max. Et j'étais avec lui ? Ce que je me demande par exemple, c'est pourquoi on vous a parlé ?

— Que voulez-vous dire ?

— Vous avez les cheveux bien coupés et les ongles propres et votre costume est repassé, monsieur. Vous pourriez être médecin ou dentiste. Et Max ne parle qu'aux clochards. Votre genre à vous, ça le fait vomir.

— Alors comme vous m'aviez recommandé cet endroit, j'ai pensé que je pourrais m'y arrêter et prendre un verre.

— Ah, oui. Comme ça, vous avez pensé ça !

Elle le regardait avec une sorte de coquetterie attirante et horrible. Il déplaça doucement son bras pour le dérober au voisinage de la gigantesque poitrine et demanda rapidement :

— Vous avez vu Max ces derniers temps ?

— Non merci ! Il était en prison. Je suppose qu'il est sorti maintenant. J'aime bien rigoler. Bon sang, tous ceux qui me connaissent savent ça ! J'ai un petit revenu et je me débrouille. Je suis ce qu'on pourrait appeler liante. J'ai vu des tas de gens et je suis allée dans des tas d'endroits, et je m'entends pas mal avec un certain nombre de personnes. Qui peut se vanter d'être parfait ? Mais ce Cady ! C'est vraiment un homme. Ça, on ne peut pas le lui enlever. Mais il est aussi mauvais qu'un serpent. Il ne se soucie de personne, sauf de Max Cady. Vous ne savez pas ce qu'il m'a fait ? (Elle baissa la voix et sa figure se durcit.) On était chez moi. J'étais curieuse à son sujet. Vous savez, on a besoin de savoir des choses sur les gens. Je lui avais posé des questions et il m'avait envoyée paître. Alors un jour, on était là, je lui ai préparé un verre et je lui dis : Arrête de faire des mystères, Maxie. Affranchis-moi, raconte un peu, dis à maman. (Elle siffla son whisky, but une gorgée d'eau, hurla à Nick de remettre ça et continua.) Et qu'est-ce qu'il me fait ? Il me rosse. Oui, moi, Bessie McGowan. Assis dans mon appartement, en train de boire mon alcool, il se lève et me cavale après dans la pièce en me tapant dessus. En ricanant tout le temps. De la manière dont il s'y prenait j'ai cru qu'il allait me tuer, sans blague ! Puis, je suis tombée dans les pommes. Je me suis réveillée au petit matin. J'étais par terre, et dans un état affreux. Il était parti. J'ai réussi à aller jusqu'à mon lit à quatre pattes. Quand je me suis relevée, je suis allée à la glace. J'avais l'air d'un ballon de basket. J'avais si mal partout que je ne pouvais pas bouger sans hurler. J'ai appelé le docteur et je lui ai dit que j'étais dégringolée dans l'escalier. Je n'ai jamais été cafter aux flics, mais j'étais pas loin, cette fois-ci. Trois côtes enfoncées, quarante-trois dollars de dentiste. J'étais tellement horrible à voir que pendant une semaine, j'ai pas bougé de chez moi. Et même, à ce moment-là, je marchais comme une vieille. Heureusement que je suis forte comme un cheval. Ça en aurait tué de moins costauds que moi. Et je ne suis pas encore remise. Quand j'ai lu qu'il avait eu des ennuis, j'ai bu toute une bouteille.

Ce n'est pas un être humain ce Max, c'est un animal. Et tout ce que j'avais fait, ç'avait été de lui poser une question. Il avait qu'à me dire de la boucler.

Elle but son second whisky et quand elle rappela Nick, il commanda une autre bière.

— Il n'est donc pas un de vos amis, Bessie?

— Si je le vois mort dans la rue, je paie une tournée générale!

— Ce n'est pas des miens non plus.

Elle haussa les épaules.

— Alors comme ça, vous nous avez vus seulement une fois?

— Ce n'est pas vrai. Je l'ai inventé!

Les yeux gris devinrent froids.

— Je n'aime pas ce genre de plaisanterie.

— Je m'appelle Sam Bowden.

— Qu'est-ce que ça vient... Vous avez dit Bowden?

— Peut-être m'appelait-il le lieutenant?

— Oui, c'est ça.

— Bessie, je voudrais que vous m'aidiez. Il va essayer de me nuire, mais je ne sais pas de quelle façon. Peut-être pouvez-vous me donner un indice?

Elle parlait à voix basse maintenant.

— C'est un drôle de bougre, Sam. Il n'était pas très causant. On ne savait pas trop ce qu'il pensait. Mais, par deux fois, il m'a parlé du lieutenant Bowden. Et chaque fois, j'ai eu les foies. Surtout à cause de son regard. Mais ce qu'il disait n'avait pas grand sens. Il disait que vous étiez un vieux copain de l'armée et que pour bien vous montrer à quel point il vous aimait, il allait vous tuer six fois. Et qu'il allait vous garder, vous, pour la fin. Il était en train de boire et j'ai essayé de lui dire en rigolant qu'il ne tuerait sûrement personne pour de bon.

— Et comment a-t-il réagi ?

— Il m'a juste jeté un coup d'œil et il n'a plus rien dit cette fois-ci. Qu'est-ce qu'il a voulu dire ? Comment peut-on tuer quelqu'un six fois ?

Il baissa la tête et regarda son verre de bière.

— Quand un homme a une femme, trois enfants et un chien, c'est facile.

Elle tenta de rire.

— Mais personne ne ferait ça !

— Il a commencé par le chien, il l'a empoisonné.

Son visage devint blanc comme de la craie.

— Doux Jésus !

— A-t-il dit autre chose ?

— Il a seulement parlé de vous une autre fois encore. Il a dit : « Quand j'en arriverai au lieutenant, ça sera un service que je lui rendrai. Il me suppliera de le tuer. » Ça va avec le reste, non ?

— Est-ce que vous viendrez avec moi au poste de police pour signer une déposition à ce sujet ?

Elle le regarda pendant dix secondes. Cela lui sembla très long.

— Vous me brisez le cœur, mon petit chou. D'abord, les poulets je ne les ai que trop vus dans ma chienne de vie, ensuite ils ne prêteraient aucune attention à ce que leur dirait Bessie McGowan. Et troisièmement nous vivons dans un monde cruel et je suis désolée si vous avez des ennuis, mais c'est la vie !

— Je vous en prie...

— Hé ! Nick. Je le connais pas cet individu, après tout. Alors vous laissez insulter les femmes dans cette boîte ?

— Inutile de faire une scène, lui dit Sam.

Elle se leva de son tabouret.

— C'est comme ça, mon gars. Tout ce que je veux, c'est qu'on me foute la paix et me mêler de rien.

— Pas si fort, Bessie, dit Nick.

Elle ramassa sa monnaie, excepté un cent. Elle le poussa vers Nick.

— Voilà pour toi, beauté, moi, je vais me trouver une autre boîte.

Elle claqua la porte derrière elle. Nick ramassa la pièce et dit :

— C'est un drôle de pistolet, mon vieux. Comment avez-vous fait pour vous en débarrasser? Dites-le-moi? Peut-être que je pourrais m'en servir la prochaine fois.

— Je n'en sais vraiment rien.

— Elle a été Miss Indiana, dans le temps, soupira Nick. Un jour, elle m'a montré les coupures de journaux et je lui ai dit que je ne savais pas que cet État existait depuis si longtemps. Elle m'a envoyé un direct du gauche dans l'œil. Bon, revenez nous voir, quand vous voulez.

Il alla à pied jusqu'à Jaekel Street. Le n° 211 était une maison carrée de trois étages en bois, peinte en marron avec une bordure jaune. Un écriteau annonçait : *Chambre à louer*. Un vieil homme, les yeux clos, se balançait sur le perron étroit dans une chaise à bascule. Sam appuya sur la sonnette et l'entendit résonner au fond de la maison. Ça sentait le chou et les draps sales. Il entendit des gens se quereller au premier étage. Il regarda dans l'entrée et aperçut une table foncée avec quelques lettres dessus, et une lampe avec un abat-jour à franges.

Une vieille femme décharnée vint lui ouvrir. Son pas était étonnamment lourd.

— Oui ? dit-elle.

— Est-ce que M. Cady habite ici?

— Non.

— M. Max Cady.

— Non.

— Mais il a habité ici?

— Oui. Mais il n'y habite plus. Et je ne le reprendrais pas, même s'il le voulait. Nous ne voulons pas d'histoires de police et de bagarre ici, Marvin et moi. Pas du tout. Non, monsieur. Et pas de types qui ont été en prison. Car il a été bouclé. Il est revenu vendredi chercher son barda. Marvin l'avait mis dans la cave. Il ne voulait pas me payer le garage de sa voiture, il la mettait derrière. Mais je lui ai dit que je lui ficherais les flics aux trousses, et il m'a payée et il est parti avec sa voiture et je ne l'ai plus revu.

— Vous a-t-il laissé une adresse pour faire suivre son courrier?

— Non et ça aurait été stupide de la part d'un homme qui ne reçoit jamais de lettres.

— Est-ce que quelqu'un a demandé de ses nouvelles?

— Non. Vous êtes le premier et j'espère bien que vous serez le dernier, parce que Marvin et moi, on ne veut pas avoir affaire à ce genre de type.

Sam téléphona à Dutton le lendemain matin. Dutton lui promit de lui faire signe si quelqu'un savait où se trouvait Cady.

Il ne se passa rien le vendredi. Le samedi, il partit pour Suffern et le dimanche ils allèrent voir Nancy et Jamie. Il était de retour à son bureau le lundi matin. Il n'avait pas parlé à Carol de Bessie McGowan. Il ne voulait pas l'inquiéter et ne voulait pas qu'elle sache qu'il avait été rôder dans le voisinage de Cady. Le lundi et le mardi il ne se passa rien non plus.

L'appel téléphonique de M. Menard lui parvint le mercredi matin à dix heures. C'était le dernier jour de juillet et Carol devait aller chercher Jamie et le ramener à Suffern avec elle. Le camp était fini pour lui.

Quand Sam comprit qui l'appelait, il sentit son cœur s'arrêter.

— Monsieur Bowden? Jamie a été blessé, mais ce n'est pas grave.

— Comment a-t-il été blessé?

— Je crois qu'il est préférable que vous veniez si vous le pouvez. Il est en route pour l'hôpital d'Aldermont, et il vaut mieux que vous alliez directement là-bas. Je vous le répète, ce n'est pas grave. Il n'est pas en danger. Le shérif Kantz voudrait vous parler, de toute façon. J'ai été... obligé de lui dire tout ce que je savais, naturellement.

— Je pars immédiatement. Avez-vous prévenu ma femme?

— Elle était déjà partie pour venir ici d'après ce que j'ai compris. Je la dirigerai sur Aldermont et nous pourrons garder le petit bonhomme ici avec nous, si elle le veut bien.

— Dites-lui que je pense que c'est une bonne idée. Où est Nancy?

— Avec son frère et Tommy Kent.

— S'il vous plaît, dites-moi ce qui s'est passé?

— On lui a tiré dessus, monsieur Bowden.

— Tiré dessus!

— Ça aurait pu être plus grave, beaucoup plus grave. Il a été blessé au bras gauche, à l'intérieur du bras en haut. A quelques centimètres du coude. Ça fait une vilaine entaille. Il a perdu pas mal de sang et naturellement, ça l'effraie.

— Je le crois volontiers. Je viens aussi vite que je le peux.

— Le jeune Kent vous racontera le reste de l'histoire à l'hôpital. N'allez pas trop vite, monsieur Bowden.

CHAPITRE IX

Carol était à l'hôpital depuis une heure quand Sam arriva à une heure et demie. Elle et Nancy se trouvaient dans la chambre de Jamie quand Sam entra. Sam l'embrassa. Elle avait l'air d'avoir tout son sang-froid, mais il sentit ses lèvres trembler sous les siennes. Nancy avait un regard déprimé et inquiet. Et le visage de Jamie sur son oreiller était juste assez pâle pour lui donner un reflet vert sous son hâle. Son bras gauche était bandé, et il avait l'air fier et excité.

— Je n'ai pas bronché quand ils m'ont recousu, et ils m'ont fait six points de suture.

— Ça t'a fait mal?

— Un peu, mais pas trop. Vivement que je puisse raconter ça à mes copains. Une vraie balle. Elle m'a traversé le bras et elle a passé à travers le mur de la petite cabane, à côté du réfectoire, et quand on la retrouvera, le shérif l'examinera et après je pourrai l'avoir. Je voudrais la mettre sous verre avec un petit cadre en bois autour, pour ma chambre.

— Qui a fait ça?

— Comment savoir? Ce type, je suppose, ce Cady. Il y a plein de copains qui n'ont pas entendu le bruit de la détonation, moi non plus. J'aurais bien voulu l'entendre. Ça venait de loin, de la colline en face, pense le shérif.

Sam commençait à se faire une idée.

— Raconte-moi tout, dès le début, Jamie, dit-il.

Jamie parut mal à l'aise.

— Ben, d'abord j'ai fait l'imbécile. J'ai fauché la bombe à raser de M. Menard ct je voulais en envoyer une giclée sur la figure de Davey Johnstone, et puis je voulais la remettre à sa place. Mais je me suis fait pincer. Et j'ai été puni. J'ai dû laver les casseroles pendant dix jours. Et c'était le dernier jour. Tout le monde déteste faire les casseroles. Il faut frotter avec des éponges métalliques. J'ai eu dix jours parce que c'était presque du vol, même si ce n'était pas tout à fait ça. Il y a un robinet près de la cabane, et c'est là que ça se fait. J'étais en train de finir les casseroles du petit déjeuner. J'étais là, debout, en train de regarder la dernière, quand bam ! J'ai d'abord pensé que c'était un copain qui était derrière le mur et qui tapait pour me faire peur. Puis j'ai senti que mon bras était tout chaud et drôle. J'ai regardé et j'ai vu le sang qui coulait, mais qui coulait. J'ai hurlé aussi fort que j'ai pu et j'ai couru jusqu'au cottage de M. Menard, et il y a des copains qui avaient vu le sang qui hurlaient aussi, et on m'a mis un garrot dessus et tout d'un coup ça a commencé à me faire très mal. J'ai pleuré, mais pas beaucoup. Puis Tommy est parti chercher Nancy et le shérif est arrivé et nous sommes partis dans la voiture du shérif pour venir ici avec la sirène qui marchait tout le temps, et à cent cinquante à l'heure. J'aimerais bien recommencer la promenade, mais sans ce bras, qui me faisait mal.

Sam se retourna vers Carol.

— Que se passe-t-il, maintenant ?

— Le docteur Beattie préfère qu'il reste ici jusqu'à demain. Et demain il sera en état de voyager. On lui a fait une petite transfusion.

— Je vais avoir une cicatrice. Une vraie cicatrice de balle. Est-ce que ça va faire mal quand il pleut ?

— Je crois que pour ça, il faudrait que la balle soit restée dedans, fiston.

— De toute façon, je serai le seul à avoir une cicatrice de balle.

Une infirmière souriante entra et dit :

— Il est temps que votre glorieux soldat prenne ses pilules roses et fasse un long somme.

— Hé ! je n'ai pas besoin de dormir.

— Quand pouvons-nous revenir, mademoiselle ? demanda Carol.

— A cinq heures, madame Bowden.

Ils descendirent et se dirigèrent vers le parloir de l'hôpital. Carol, le visage horriblement pâle, se tourna vers Sam, et d'une voix à peine perceptible de manière que Nancy ne puisse entendre, dit en remuant à peine les lèvres :

— Et maintenant ? Et maintenant ? Quand va-t-il en tuer vraiment un ?

— Je t'en prie, chérie.

— Papa, voilà le shérif Kantz avec Tommy, dit Nancy.

— Veux-tu aller t'asseoir avec ta mère sur ce divan, s'il te plaît, Nancy ?

Le shérif était un homme maigre. Il portait des bottes, un pantalon de cheval fauve et une chemise kaki. Un pistolet était glissé dans sa ceinture et il tenait un chapeau à larges bords à la main. Il serra la main de Sam, lentement, presque pensivement. Sa voix était nasale, un peu lasse.

— Je pense que nous pouvons nous installer ici et parler, monsieur Bowden ; vous aussi, bien sûr, Tommy.

Ils avancèrent trois chaises et s'assirent, très près les uns des autres.

— Je vais vous faire part de mes conclusions, monsieur Bowden, et ensuite, je vous poserai quelques questions. Tout d'abord, il paraît à peu près certain qu'on a tiré d'environ six cent cinquante mètres et du haut de la colline. Prenez un bon fusil, une bonne lunette de visée, et un homme astucieux, et ce n'est plus très difficile. Quand le vent ne souffle pas, je peux tirer dans un cercle grand comme la moitié d'un plat à tarte. Si c'était au moment de la chasse au cerf, j'aurais peut-être une autre opinion à ce sujet. Votre fils tenait son bras près du corps. Le vent soufflait en rafales venant du sud. Le garçon se tenait face à l'est. Donc une de ces rafales a fait dévier la balle de quelques centimètres. On n'a pas essayé de lui faire peur, on a bel et bien essayé de le tuer. Si on avait réussi à mettre la balle, disons à cinq ou six centimètres plus à droite, votre fils serait mort avant de retomber à terre.

Sam avala péniblement.

— Vous n'avez pas besoin de...

— Je vous parle de faits, monsieur Bowden, je n'essaie pas de vous impressionner et si c'était votre femme je ne lui parlerais pas de la même manière. S'il avait atteint votre fils, comme il en avait l'intention, nous aurions eu beaucoup de mal à essayer de deviner d'où venait la balle. Mais il l'a raté et il a fait deux trous dans la cabane, ce qui nous a permis de nous rendre compte de la trajectoire. Il a tiré du sommet d'une butte que les enfants appellent Shady Hill. Il y a beaucoup de chemins creux par là-haut et je sais qu'il y a plein d'endroits d'où vous plongez dans le camp. J'ai un assistant qui s'appelle Ronnie Gideon que j'ai mis sur l'affaire. C'est un brave type, il connaît les bois et il sait suivre des traces. Il saura trouver l'endroit exact où était l'homme, quand il a visé. Il est beaucoup trop tard pour bloquer les routes, parce qu'au début nous ne savions pas qui il fallait rechercher. Il paraît que vous pouvez nous le dire, monsieur Bowden.

— Je ne peux pas prouver qu'il a tiré. Je ne peux pas prouver qu'il a empoisonné notre chien. Mais je sais que dans les deux cas, il s'agit de Cady. Max Cady. Il est sorti de prison en septembre, je crois. Il conduit une conduite intérieure Chevrolet, vieille de dix ans. Vous pouvez téléphoner au capitaine Mark Dutton à New Essex et il vous donnera tous les renseignements voulus à son sujet.

— Il doit éprouver une haine farouche à votre égard.

— Il a été condamné à vie sur mon témoignage. Mais on l'a relâché au bout de treize ans. On l'a enfermé pour le viol d'une fillette australienne de quatorze ans. Il vient d'un milieu peu recommandable. Il est corrompu et loin d'être normal.

— Est-il malin, rusé?

— Oui.

— Résumons la situation. Supposons qu'on arrive à mettre la mains dessus. Il sera à des kilomètres d'ici. Il n'aura pas de fusil. Il niera catégoriquement avoir tiré sur votre fils. Probablement une balle perdue, dira-t-il. Il hurlera à la persécution. A vrai dire je ne vois aucun moyen de le maintenir sous les verrous.

— C'est vraiment très encourageant.

— Il faut essayer de raisonner de la même manière que lui. Il a dû soigneusement préparer son coup, étudier la situation longuement. Il a dû prévoir ce qu'il ferait quand il aurait tué le garçon. Il savait que vous alliez diriger les soupçons sur lui. Ou bien il allait crâner, sachant qu'il n'y aurait pas de preuves. Ou bien il allait se terrer et il a trouvé un endroit. Le meurtre d'un enfant fait toujours scandale. Il ne pouvait pas être certain que quelqu'un ne l'ait vu. Donc, moi je pense plutôt qu'il a trouvé un trou et qu'il s'y terre. Il a des réserves et il doit être dans un endroit très retiré où personne ne viendra le chercher.

— Vous êtes vraiment optimiste.

— J'essaye d'être pratique. Comme ça, pas de surprise. Il doit être furieux d'avoir raté votre fils. Il voulait sans doute frapper vite et filer aussitôt. Il est possible qu'il fasse une deuxième tentative. Je suggère que vous soyez aussi prudent que vous le pouvez.

Le shérif se leva et sourit d'un air las.

— Je vais me mettre en relation avec les gens de New Essex. Et je vais ensuite lancer un mandat d'amener contre lui. Je crois que le mieux serait de boucler votre famille.

— Je ne trouve pas ça follement drôle, shérif.

— Je comprends très bien que votre sens de l'humour soit un peu émoussé cet après-midi.

— Que puis-je faire, monsieur ? demanda Tommy Kent.

— Pourriez-vous aller... ? Non, je vais faire ça moi-même. Je vais au camp, chercher Bucky et je le ramènerai ici. Restez avec les femmes, Tommy.

— Très bien, monsieur Bowden.

— Et merci. Merci beaucoup.

Il lui fallut à peine plus d'une demi-heure pour atteindre le camp avec la station-wagon. Il trouva le shérif Kantz avec M. Menard dans le cottage. On lui présenta un jeune homme morne, comme étant Ronnie Gideon.

Menard était visiblement très ennuyé.

— Je ne vois pas ce que nous aurions pu faire pour éviter cela, monsieur Bowden.

— Je ne vous blâme aucunement.

— Il m'est très difficile d'admettre que c'était voulu. Le shérif Kantz m'affirme que ça l'était.

Le shérif lançait un petit objet en l'air et le rattrapait.

— Voici la balle. Très déformée. Je pense que c'est du 30. M. Menard a envoyé une armée de gosses la chercher jusqu'à ce qu'ils la trouvent.

— Nous leur avons dit que c'était une balle perdue, dit Menard. Ils sont déjà assez surexcités comme ça. Mais je ne sais pas ce que leurs parents vont dire quand ils vont recevoir les lettres, racontant qu'une balle perdue a blessé un des campeurs. Je suis désolé, monsieur Bowden, je ne devrais pas mentionner mes problèmes, alors que les vôtres sont tellement plus importants.

— Avez-vous trouvé l'endroit d'où la balle a été tirée? demanda Sam.

L'adjoint fit oui de la tête.

— D'une corniche de rocher, à trente mètres au-dessus de la route. Il a tiré à plat ventre. La mousse est encore tout aplatie. Pas de traces de roues, pas de boîtes de cartouches vides. J'ai retrouvé un mégot de cigare mâchouillé. Le bout est encore mouillé.

— S'il avait tué le garçon, on l'aurait envoyé au laboratoire pour recherche de salive. Mais, je ne vois pas ce que ça nous apporterait de plus.

— Cady fume des cigares.

Le shérif regarda Sam d'un air narquois.

— J'espère que vous avez un permis pour cet outil que vous portez sur vous.

— Quoi? Oh, oui. Bien sûr. J'ai un permis.

— Qu'est-ce que vous projetez de faire maintenant?

— De toute façon, nous devions emmener

Jamie aujourd'hui. Je crois que je vais aller chercher les affaires de Nancy au camp des filles et l'emmener aussi.

— Et retourner chez vous après?

— Non. Je vais laisser ma femme et mes enfants à l'endroit... où elle était jusqu'à présent avec mon plus jeune fils.

— Et il n'y a aucune chance que Cady ait repéré la place?

— Je ne vois pas comment il aurait pu.

Le shérif eut une moue dubitative.

— C'est une solution, bien sûr. Laissez-les là-bas jusqu'à ce qu'on l'arrête. Mais si on ne le trouve pas? Comment allez-vous savoir qu'il en a assez et qu'il abandonne?

— Je pense que nous ne le saurons pas.

— Vous ne pouvez pas garder votre famille éternellement cachée.

— Je sais tout ça. J'y ai pensé déjà. Mais que puis-je faire d'autre? Avez-vous une idée?

— J'en ai bien une, mais dont je ne suis pas très fier. Considérez cet homme comme un tigre. Vous voulez le faire sortir de sa tanière. Vous prenez une chèvre et vous l'attachez à un arbre.

Sam le regarda.

— Si vous vous imaginez que je vais me servir de ma femme ou de mes enfants comme appât pour...

— Je vous ai dit que je n'étais pas fier de mon idée. Vous pouvez prévoir ce que fera un tigre, mais vous ne pouvez faire aucun pronostic quand il s'agit d'un fou. Il a essayé le tir cette fois-ci. La prochaine fois, il essayera autre chose. Je crois que le mieux est de les tenir cachés. C'est ce que vous pouvez faire de mieux.

Sam jeta un coup d'œil sur sa montre.

— Je voudrais ramasser les bagages de Jamie et emmener Bucky, monsieur Menard.

— Ils sont prêts et je les ai fait porter dans le réfectoire. Bucky est avec ma femme. Je vais aller le chercher. Je suis navré que le mois de Jamie se termine si mal.

— Je suis heureux que ça ne se termine pas plus mal.

— Nous espérons qu'il reviendra l'année prochaine.

Sam prit congé du shérif et le remercia. Le shérif lui dit qu'il y avait de fortes chances qu'on retrouve Cady pour l'interroger. Mais son assurance sonnait faux.

Sam fut de retour à l'hôpital à cinq heures moins le quart. Nancy fut très surprise quand elle vit qu'il avait ramené ses affaires du camp et un peu désappointée de voir qu'elle n'aurait pas le temps d'aller dire au revoir. Mais elle finit par accepter ça comme une décision logique et inévitable. Elle acquiesça lentement.

— Je sais, dit-elle, il y a tellement de collines. Je ne pourrais sortir nulle part en plein jour sans me demander si...

Elle frissonna.

Sam téléphona à Bill Stetch d'une cabine de l'hôpital, le mit au courant de la situation et lui dit qu'il ne serait pas au bureau avant vendredi matin.

Après avoir revu Jamie et lui avoir souhaité bonne nuit, ils allèrent dîner à l'hôtel Aldermont. Sam tenta de convaincre Carol de partir aussitôt pour Suffern avec Nancy et Bucky, pendant que lui resterait et ramènerait Jamie le lendemain. Mais il sentit combien il lui était pénible de se séparer de lui et alla à l'hôtel retenir deux chambres pour la nuit. Tommy dit qu'il pourrait très bien rentrer au camp en autobus, mais Sam le raccompagna. Nancy avait envie de venir avec eux, mais il lui demanda de rester avec sa mère et Bucky. Il était soucieux au sujet de Carol. Elle était à la fois trop tranquille et trop déprimée. Pendant le dîner elle avait participé à la conversation presque machinalement. Elle semblait très loin.

Comme il reconduisait Tommy, il lui demanda :

— Croyez-vous que je fasse la chose adéquate ?

— Monsieur ?

— Essayez de vous mettre à ma place. Que feriez-vous ?

— Je pense... que j'agirais de même.

— J'ai l'impression que vous faites des réserves.

— Pas exactement, mais c'est un peu... attendre au lieu d'agir.

— Rester passif ?

— C'est ce que je veux dire. Mais je n'ai pas d'autre idée.

— La société est bien organisée pour nous protéger contre le vol, l'incendie et la guerre civile. Les criminels ordinaires sont assez bien surveillés. Mais il n'y a rien de prévu contre un homme qui essaie de nous tuer d'une manière irrationnelle. Je pourrais exercer une pression suffisante pour faire garder ma famille vingt-quatre heures sur vingt-quatre. Mais ce serait procurer à Cady le plaisir supplémentaire de tromper les gardes. Et si la police était débordée, je pourrais payer des gens pour les garder. Mais ce serait la même histoire, j'en ai peur. Et ce serait une terreur constante, surtout après ce qui vient de se passer.

— Croyez-vous qu'il soit capable de découvrir qu'ils sont à Suffern ?

— Non. A moins qu'il ne s'arrange pour nous suivre quand nous quitterons Aldermont. Mais je ne crois pas qu'il soit encore dans la région. Il est toujours d'une demi-mesure en avance sur moi. Je pense qu'il s'est douté que je retirerais immédiatement les enfants du camp. J'ai l'impression qu'il est revenu à Harper. Il y a des coins très sauvages dans la région.

— Je... je ne voudrais pas qu'il arrive quelque chose à Nancy.

— Suffern ne me paraît plus aussi sûr qu'hier. Je crois que je m'en vais les déménager encore demain.

— Je me sentirai plus tranquille, si vous le faites.

Sam consulta une carte pendant un long moment avant que la petite caravane de deux voitures n'entreprenne les cent soixante kilomètres qui séparent Suffern d'Aldermont. Jamie était de très bonne humeur et son teint était redevenu normal. Il avait la fausse nonchalance un peu protectrice d'un soldat aguerri. Carol paraissait toujours déprimée et sans réaction. Il ouvrait le chemin avec Nancy dans la M.G. et Carol suivait avec les garçons. Il avait établi un itinéraire utilisant les routes secondaires et après s'être arrêté deux fois pour être certain qu'ils n'étaient pas suivis, il continua la route avec plus de confiance. C'était un beau matin et l'air était si léger que les collines se détachaient très nettement au loin. C'était le genre de journée qui remontait le moral. Ils étaient tous ensemble. Il était presque certain que Cady serait arrêté et dans ce cas, on pourrait peut-être le soumettre à des tests pour vérifier sa santé mentale. On pourrait peut-être, aussi, exercer une pression sur Bessie McGowan pour la faire déposer.

Il regardait fréquemment dans le rétroviseur pour voir à quelle distance Carol le suivait. Vers onze heures approximativement, il jeta un coup d'œil au moment précis où la station-wagon, après une violente embardée, basculait dans un fossé profond et capotait. On avait l'impression que ça se passait au ralenti. Il freina brusquement. Nancy regarda en arrière et poussa un hurlement. Passant en marche arrière, il recula brutalement, et se mit à courir vers la station-wagon. Il grimpa sur le côté et ouvrit la porte. Bucky hurlait de terreur. Il le sortit en premier, puis Jamie et finalement Carol. Nancy les aida à descendre. Il n'y avait pas de circulation. Sam les fit asseoir tous les trois sur l'herbe au-dessus du fossé, près de la barrière.

Bucky avait une énorme bosse sur le front. La bouche de Carol saignait, et Jamie semblait ne rien avoir. Mais Carol était en pleine crise de nerfs. Son état semblait inquiéter davantage les enfants que l'accident lui-même.

Sam essaya de la calmer, mais en vain. Une voiture arriva, elle ne s'arrêta pas malgré les signes frénétiques de Sam.

La seconde, une conduite intérieure poussiéreuse, stoppa. L'arrière était plein d'outils. Deux types costauds en salopette sortirent, sans se presser et s'approchèrent. Carol s'était tue, épuisée. Elle était couchée sur le côté, le mouchoir de Sam appuyé sur les lèvres.

— Quelqu'un de blessé grièvement?

— Une lèvre fendue et quelques meurtrissures. Ils n'allaient pas très vite, heureusement. Où pourrais-je avoir du secours?

— Nous allons en ville. Nous allons vous envoyer Charlie Hall avec sa dépanneuse. Ed, si tu veux attendre ici et revenir avec Charlie, je pourrai emmener la dame et les enfants et les laisser en passant chez le docteur Evans.

Sam aida Carol à monter dans la voiture. Elle ne protesta pas. Il y avait juste la place pour Bucky à l'arrière avec les outils. Jamie s'assit sur les genoux de Nancy, devant. Le chauffeur démarra, disant :

— Le docteur Evans est à gauche, en entrant dans la ville, c'est une maison blanche.

Comme ils partaient, Sam dit au nommé Ed :

— Je n'ai même pas pensé à le remercier.

— Je ne pense pas qu'il s'en soit aperçu. Je n'arrive pas à m'y reconnaître. Qui conduisait quoi ?

— Ma femme conduisait la station-wagon et moi la M.G. avec ma fille. Je regardais justement en arrière quand c'est arrivé.

— Ça y est, j'ai compris. Dites donc, c'est pas facile d'éviter l'accident quand on perd une roue avant.

— Une roue avant ? Je n'ai même pas remarqué, oui en effet. La roue avant gauche.

— Elle devrait être quelque part par ici. Elle a dû filer de l'autre côté.

Ils la retrouvèrent après cinq minutes de recherche, à une dizaine de mètres de la route. Le rond chromé étincelant au soleil avait attiré l'attention d'Ed. Trois voitures s'arrêtèrent, ils leur firent signe de continuer. Ed descendit dans le fossé et examina les boulons des roues. Il en toucha un doucement du bout de son doigt épais.

— Tiens, c'est drôle, dit-il.

— Quoi donc ?

— Il n'y a rien de cassé. Le filetage est un peu esquinté. D'où venez-vous ?

— D'Aldermont.

— Eh bien, j'ai l'impression que vous n'aviez que trois boulons et à peine vissés encore. Des gosses font des trucs insensés, maintenant. Des sales gosses qui vous ont joué un sale tour. On va essayer de retrouver le chapeau de roue.

La dépanneuse arriva quelques instants après que Sam eut retrouvé l'enjoliveur dans le fossé de l'autre côté de la route. La voiture fut soulevée, remise d'aplomb et tirée du fossé. Le côté droit était enfoncé et il y avait deux vitres de cassées. Sam écouta les explications pour lui permettre de retrouver le garage, remercia Ed et partit chez le docteur.

La petite ville s'appelait Ellendon. Le nom du docteur était Biscoe. Il expliqua qu'il avait repris la clientèle du docteur Evans. Il était petit, brun avec une moustache noire et une pointe d'accent indéfinissable. Il était revêtu d'une blouse blanche impeccable.

Il emmena Sam dans une petite salle d'examen, ferma la porte et lui offrit une cigarette.

— Monsieur Bowden, votre femme est-elle une grande nerveuse ?

— Non.

— A-t-elle subi une tension ces derniers temps ?

— Oui, effectivement, une très grande tension.

— Je l'ai senti. Probablement la blessure de votre fils. J'ai vérifié si les points tenaient. Ça ne me regarde pas, bien sûr. Mais s'il s'agissait de ma femme je veillerais à ce que cette tension cesse. Très vite. C'est un peu comme si elle livrait bataille. Elle a lancé toutes ses réserves, et elle lutte de toutes ses forces. Mais elle peut succomber.

— C'est-à-dire ? Que se passera-t-il ?

— Qui sait ? Refus de la réalité, si la réalité est plus qu'elle ne peut supporter.

— Mais elle est très stable !

Biscoe sourit.

— Mais pas d'une stabilité morne et stupide. Non. Intelligente, sensible, imaginative. C'est une femme terrorisée, M. Bowden. Je lui ai fait prendre un calmant léger. Vous seriez gentil de faire faire cette ordonnance.

— Et sa bouche ?

— Ce n'est pas assez profond pour recoudre. Ça ne saigne plus. Ça restera enflé pendant quelques jours. Votre petit garçon est ravi de sa bosse. Il s'admire dans la glace. A part ça, il n'a rien d'autre.

— Il faut que j'aille m'occuper de la voiture. Est-ce que je peux vous demander de les laisser chez vous pendant que je vais là-bas ?

— Bien sûr. Mademoiselle Walker va vous préparer votre note. Votre femme se repose et vos enfants admirent mes lièvres dans le jardin.

La station-wagon était sur le pont. Le chef mécanicien dit :

— Il n'y a pas beaucoup de casse. Nous avons été obligés de limer les vis pour pouvoir remettre la roue. Les portières à droite sont bloquées. Nous avons remis l'huile qui s'était répandue. Ce serait assez long de refaire la tôlerie et puis je suppose que vous voulez reprendre la route.

— Oui. Je ne pense pas que ma femme désire conduire. Pourriez-vous me garder la M.G. pour quelques jours ?

— Bien sûr.

— Dans combien de temps la voiture sera-t-elle prête ?

— Donnez-nous encore quarante minutes.

— Est-ce que je peux vous payer par chèque ?

— Mais certainement.

Après avoir passé à la pharmacie, Sam retourna chez le docteur. L'infirmière le conduisit dans la chambre où Carol reposait. Les volets étaient fermés et elle avait les yeux clos mais ne dormait pas. Elle les ouvrit quand il s'approcha du lit. Il y avait des traces de sang séché sur sa blouse. Elle lui sourit. Il s'assit sur le bord du lit et lui prit la main.

— Je me suis vraiment laissée aller, dit-elle.
— Il était peut-être grand temps.
— J'ai honte de moi-même. Mais ce n'est pas de m'être renversée en voiture. C'est à cause de Jamie. Depuis que c'est arrivé. Un petit garçon comme ça. Essayer de le tuer avec un fusil. Exactement comme tuer un petit animal.
— Je sais.
— J'y pense tout le temps. Je ne peux pas m'en empêcher. Est-ce que ma bouche est horrible ?
— Monstrueuse ! affirma-t-il en lui souriant.
— Quand je baisse les yeux, je peux voir ma lèvre supérieure. Elle est fendue à l'intérieur. Il m'a mis quelque chose dedans. Il est très gentil.
— Il t'a donné un calmant.
— Oui. Ça adoucit les angles. J'ai l'impression de flotter. Est-ce que la voiture est très abîmée ?
— Elle sera prête dans une demi-heure. Elle ne sera pas très jolie, mais elle va pouvoir rouler.
— C'est merveilleux. Mais... je ne peux pas conduire aujourd'hui.
— Je laisse la M.G. ici et nous allons tous dans la station-wagon.
— Très bien, mon chéri.
— Comment marchait-elle ?
— Dès le début, ça n'allait pas. Elle tirait tantôt à droite, tantôt à gauche. J'ai pensé qu'il faudrait la porter au garage de nouveau. Il fallait que je la redresse tout le temps. Et chaque fois que je tournais, elle faisait un drôle de bruit, à l'avant. Et juste avant que ça arrive, ça a empiré. Il y a eu une vibration terrible et j'allais appuyer mon pied sur le frein et klaxonner pour attirer ton attention quand j'ai vu cette roue partir devant moi. Et à l'instant même où je me rendais compte de ce que c'était, nous nous sommes retournés et ma bouche a cogné je ne sais où. Savent-ils ce qui s'est passé ?

— Quelqu'un a desserré les écrous !

Elle leva les yeux vers lui, puis les ferma et serra les poings très forts. « Mon Dieu ! » chuchota-t-elle.

— Il connaît la voiture. Il savait que l'hôtel le plus proche était Aldermont. Il l'a trouvé facilement. Je ne pense pas qu'il y ait un gardien de nuit au parking de l'hôtel. Si nous étions partis par la route principale, avec toute cette circulation, ç'aurait été une autre histoire.

— Quand donc la chance nous abandonnera-t-elle ? Dans combien de temps cela arrivera-t-il ?

— Ils vont le ramasser.

— Ils ne le retrouveront jamais. Tu le sais très bien. Moi aussi. Et si jamais ils le ramassent, ils le laisseront repartir comme la dernière fois.

— Carol, je t'en prie !

Elle détourna son visage, sa voix se fit lointaine.

— Je crois que j'avais sept ans. Ma mère vivait encore. Nous sommes allés à la fête. Il y avait un grand manège et mon père m'a hissée sur un grand cheval blanc. C'était merveilleux pendant un moment. Je tenais la barre de cuivre et le cheval montait et descendait. Je ne savais pas que mon père avait payé pour que je fasse plusieurs tours. Au bout d'un moment les visages des gens qui m'entouraient sont devenus flous. La musique semblait être plus forte. Quand je levais les yeux, je ne voyais que des zébrures. Je voulais que ça s'arrête. Quand je fermais les yeux, je croyais que j'allais tomber. Personne ne m'entendait hurler. J'avais l'impression que ça allait de plus en plus vite, que la musique jouait de plus en plus fort, que j'allais être emportée.

— Mon amour, je t'en prie !

— Je veux que ça s'arrête, Sam. Je ne veux plus

que ça tourne et tourne toujours, je ne veux plus avoir peur.

Elle le regardait avec supplication. Jamais dans sa vie, il n'avait éprouvé un tel sentiment d'impuissance. Et jamais il ne l'avait autant aimée !

CHAPITRE X

Quand ils arrivèrent à Suffern tard dans l'après-midi, le petit homme de l'hôtel s'exclama sur la voiture endommagée, sur la lèvre enflée de Carol, sur la bosse de Bucky. On avait donné des consignes très strictes à Jamie au sujet de sa blessure. Interdiction absolue d'en parler. On avait l'impression qu'il allait éclater tellement il avait envie d'en parler, mais il se contenait.

Quand ils furent installés, Sam téléphona de nouveau à Bill Stetch et lui raconta l'accident. Puis poussé par une impulsion soudaine, il s'entendit dire :

— Je sais que ça va soulever des tas de complications dans le travail, mais c'est une situation assez exceptionnelle, Bill, et j'aimerais prendre toute la semaine prochaine.

Il y eut un long silence à l'autre bout de la ligne puis Bill dit :

— Vous n'avez pas été bien brillant, ces temps-ci au bureau. Votre secrétaire est-elle au courant des affaires en cours ?

— Elle a le programme complet. Et elle sait ce qu'on peut repousser et ce dont il faut s'occuper immédiatement. Elle peut vous donner les renseignements nécessaires et John Karrick s'occupera du reste.

— D'accord, mon vieux. J'espère que vous allez rétablir la situation.

— Je vais essayer, Bill. Merci.

Il raccrocha et retourna dans la chambre de Carol où il s'assit devant le petit bureau. Il prit un crayon et du papier et essaya de déterminer si Cady avait pu repérer Suffern. Il fit une liste de tous les gens qui étaient au courant. Il questionna Jamie et Nancy, et ils jurèrent solennellement qu'ils n'en avaient parlé à personne, sauf à Tommy. Et Nancy était certaine que Tommy n'avait rien dit. Il vérifia auprès du propriétaire et demanda si quelqu'un s'était enquis de Mme Bowden. Il avait toujours téléphoné du bureau lui-même. Le courrier était passé par le bureau également. Les lettres qu'il écrivait à Carol, il les avait postées lui-même. Il lui paraissait très improbable que Cady l'ait suivi jusqu'à Suffern. Il revit toutes les possibilités et décida que Suffern demeurait inviolé. Et en faisant attention, il le resterait. Il fallait avoir une base. Suffern, étant sûr, allait devenir cette base.

Vendredi, samedi et dimanche, ils menèrent une vie végétative. Le repos et le calmant qui lui avaient été prescrit semblèrent avoir fait du bien à Carol. Ils allèrent nager en plein soleil et sous une pluie battante et même une fois au clair de lune. Ils mangèrent beaucoup et dormirent très longtemps. Et lentement, heure par heure, une résolution grandit dans l'esprit de Sam. Au début, il lui était presque impossible de l'envisager, mais cela devenait de plus en plus facile. Le concept était si étranger à sa vraie nature, qu'il l'avait révolté. C'était la négation de son échelle des valeurs, des principes qui avaient dirigé sa vie jusqu'à présent. Il savait que le combat qu'il livrait intérieurement modifiait son attitude. Carol le regardait pensivement. Il savait qu'il avait l'air absent et préoccupé.

Lundi au milieu de la matinée, par une journée étouffante, il alla prendre Carol qui jouait au tennis et l'emmena faire un tour sur une des barques jaunes de l'hôtel. Le ciel avait des reflets rouges et sinistres à l'est. Un vent moite venait troubler l'eau puis retombait brusquement. Carol était assise à l'arrière. Elle portait un short blanc et un soutien-gorge rouge et laissait ses doigts glisser au fil de l'eau pendant que Sam ramait vers le large.

Il rentra les rames et le bateau glissa un instant sur son erre avant de s'arrêter. Il alluma deux cigarettes et lui en donna une.

— Merci. Je te trouve bizarre, tu sais.

— Oui, je sais.

— Sommes-nous à l'heure des révélations ?

— Oui. Mais tout d'abord, je te pose quelques questions. Comment vas-tu ?

— Mieux, je crois. Je pourrais m'effondrer de nouveau si j'en avais l'occasion, mais je vais mieux. Depuis que tu m'as convaincue que nous sommes en sûreté ici, et aussi parce que nous sommes tous ensemble. Mais je ne suis pas gaie. Tu m'as dit que nous sommes tranquilles, mais ma nichée est à un kilomètre d'ici et je ne me sens réellement bien que quand je peux les voir et les toucher.

— Je le sais bien.

— Pourquoi tiens-tu à savoir si je vais bien, par politesse ?

— Non. Mais je vais avoir besoin de toi pour faire quelque chose et je ne peux pas l'entreprendre tout seul.

— Que veux-tu dire ?

— J'ai bien réfléchi à la question. J'ai pesé le pour et le contre. Je veux tuer Cady.

— Bien sûr, moi aussi, mais...

— Je ne parle pas au figuré. Je veux dire que je veux tout préparer et tendre un piège, le tuer et cacher le corps. Je veux commettre un crime et je crois que je vois comment ça pourrait être fait.

Elle le contempla pendant un long moment puis détourna les yeux comme par timidité.

— Pas un meurtre, dit-elle, une exécution.

— Appelons les choses par leur nom. Meurtre. Ça peut ne pas marcher, mais pas si nous sommes prudents. Est-ce que tu as suffisamment de courage pour m'aider ?

— Oui. Parce que je ferai quelque chose. Ce sera mieux qu'attendre et contempler les enfants en se demandant quel est celui que nous perdrons en premier. Oui, Sam, je t'aiderai et tu peux compter sur moi et il n'est plus question que je me laisse aller. L'attente me mine, mais pas l'action.

— C'est ce que j'espérais. Ton rôle est plus difficile que le mien.

— Raconte-moi, dit-elle.

Elle était appuyée en arrière, fronçant légèrement les sourcils, ses bras bronzés croisés sur ses genoux. Il la regarda et pensa que ses jambes étaient belles et que tout chez elle était dense et vibrant.

Les rafales de vent avaient fait tourner le bateau et l'eau au bout du lac paraissait sombre. L'eau noire et le ciel rougeoyant faisaient ressortir les maisons blanches qui étaient au bord.

La situation lui apparut soudain dramatique et irréelle, pleine d'une curieuse signification. Ça ne peut pas être Sam Bowden et sa femme, pensa-t-il. Il avait toujours cru qu'il connaissait sa femme et qu'il se connaissait bien lui-même. Mais tout était en train de changer. Il y avait une nuance nouvelle de tension et d'excitation entre eux, mais elle avait une saveur un peu malsaine.

— Raconte-moi, Sam.

— Tu peux m'aider à monter l'affaire. Je n'ai qu'une idée générale. Elle a été provoquée, en fait, par une réflexion du shérif. Je n'ai pas décidé des détails. Nous laisserons les enfants ici, sous la surveillance de Nancy.

— Qu'est-ce que nous allons leur dire?

— Certainement pas la vérité. Il faudra trouver un mensonge plausible. Toi et moi, nous retournons à la maison. Nous allons supposer qu'il va y venir aussi. Surtout s'il croit te trouver seule. Il faut donc que tu aies l'air de l'être sans l'être vraiment. Nous ne pouvons risquer avec toi ce qui est arrivé avec Jamie. J'ai pensé aussi à la disposition des lieux. Si tu es dans la petite cour ou derrière la maison où la nuit te découpant sur une fenêtre, il peut t'atteindre.

— Bien sûr. Et toi, où seras-tu?

— Je me cacherai dans la maison quelque part.

— Est-ce qu'il ne devinera pas que c'est un piège? Est-ce qu'il ne le sentira pas?

— Peut-être. Mais c'est à nous de jouer serré. Il y a les détails à mettre au point.

Elle se mordit le pouce.

— Si tu te postais dans la grange?

— Trop loin. Il faudrait que je sois à l'intérieur de la maison avec toi.

S'il y avait une sorte de système d'alarme ce ne serait pas trop loin. Est-ce que Nancy et Sandra n'avaient pas installé une sonnerie il y avait un an ou deux?

— Et il avait fallu que je branche le fil. Je sais qu'il y est encore, je l'ai vu.

— Je pourrais dormir dans la chambre de Nancy. Tu pourrais rebrancher la sonnette.

— Mais pourquoi la grange ?

— Voilà comment on pourrait arranger ça. Tu prendrais la M.G. Moi je sortirais avec la station-wagon comme si j'allais faire mes courses. Je pourrais te rencontrer quelque part, tu pourrais t'allonger derrière et je rentrerais directement dans la grange en revenant, puis dans la cuisine avec les courses. Et nous pourrions entreposer des provisions en haut dans la grange. En tout cas c'est un moyen pour toi de rentrer dans la maison sans qu'il le sache.

— Mais s'il ne me voit pas partir ?

— Il n'y aurait qu'une voiture de sortie et si nous ne faisons pas comme ça, il peut nous voir revenir.

— Je pourrais attendre qu'il fasse nuit et me glisser dans la maison.

— S'il faut que j'aie l'air d'être seule dans la maison, autant que je sois vraiment seule. Et s'il me surveille, il vérifiera que je suis seule et il entrera un jour pour m'attraper.

— Il faut être sûr de pouvoir le neutraliser.

— Moi, je prendrais le Wordsmann et toi tu auras le revolver. Il y a pas mal de choses qu'on peut faire pour me protéger de lui assez longtemps avant que tu n'interviennes. Comme de mettre des casseroles dans les escaliers pour qu'il fasse du bruit.

— Te crois-tu capable de faire ça, Carol ? Vraiment ?

— Je sais que je le peux.

— Puis il y a l'autre aspect du problème. Suppose que nous réussissions ? Alors ?

— Est-ce qu'il ne se serait pas conduit comme un rôdeur ? On a le droit de tirer sur un rôdeur. La police est au courant. Et c'est un criminel. Nous n'aurons qu'à téléphoner.

— Je... je suppose que ce serait normal. J'ai pensé aux travaux de la route. Ils font beaucoup de remblayage.

— Mais il y a tellement de risques, et ça pourrait tourner mal pour nous.

— Je pense que tu as raison. Je ne raisonne pas très clairement.

— Nous allons le faire, mon chéri. Il faut que nous le fassions.

— Nous ne pouvons pas nous permettre d'être imprudents. Pas même un instant. Nous devons rester froids et vigilants.

— Et si rien ne se passe ?

— Ce n'est pas possible. Il ne peut pas se permettre d'attendre plus longtemps. Il va vouloir en finir. Veux-tu que nous partions demain matin ?

— Aujourd'hui même, mon chéri. Partons aujourd'hui et mettons ça en route et après ça sera fini. Rentrons maintenant.

Ils partirent après le déjeuner. Sur le chemin d'Ellendon où ils devaient prendre la M.G., ils se demandèrent si Nancy avait vraiment cru le prétexte qu'ils avaient donné. Ils roulaient doucement à cause de la pluie et du vent qui avait fait tomber des branches en travers de la route. Nancy avait paru très consciente de ses nouvelles responsabilités à l'égard des plus jeunes. Elle trouvait que ce n'était pas très malin de revenir pour essayer de faire pression sur la police pour retrouver Cady. Elle pensait que c'était dangereux de retourner à la maison. Elle aurait préféré qu'ils aillent habiter à l'hôtel de New Essex et souhaité qu'ils ne partent pas tous les deux, mais s'ils pensaient que c'était mieux, ils pouvaient être tranquilles, elle s'occuperait de Bucky et de Jamie.

Ils arrivèrent à la maison un peu après cinq

heures, rangèrent les deux voitures dans le garage et se dépêchèrent de rentrer avec leurs bagages. Il ne pleuvait plus et les arbres étaient diaprés de gouttelettes. Quand ils traversèrent la pelouse, Sam se rendit compte qu'il courait, la tête dans les épaules, essayant de faire écran entre Carol et la colline qui s'élevait derrière la grange. Il se sentit soulagé quand ils atteignirent le porche. Il savait bien qu'il était ridicule d'imaginer Cady embusqué sur la colline, le doigt sur la détente du fusil et les suivant avec le télescope. Mais d'un autre côté, il était tout aussi absurde et imprudent de tenir pour certain qu'il n'était pas déjà prêt.

Avant la nuit, Sam monta au grenier derrière la maison et scruta attentivement la colline avec ses jumelles. Il aurait aimé qu'elle fût moins boisée, qu'il y eût moins de gros rochers, moins d'arbres morts. Ils visitèrent la maison avec soin, avant la nuit, pour repérer les endroits dangereux. Ils décidèrent qu'il ne faudrait pas se tenir dans la cuisine le soir. Carol pourrait se servir du studio et de la chambre de Nancy. A la nuit tombée, il se risqua dehors pour s'assurer qu'on ne pouvait rien voir dans ces deux pièces de l'extérieur. Il fit le tour de la maison avec son revolver, avançant avec précaution, s'arrêtant là où les ombres étaient les plus noires, attendant et écoutant.

Quand il revint à l'intérieur, il s'aperçut qu'il était resté trop longtemps. Carol le tint serré contre elle et il sentit son corps trembler. Il referma toutes les portes et toutes les fenêtres avec un soin extrême. Ils passèrent la nuit dans leur chambre, enlacés dans le même lit, le revolver sous l'oreiller, la porte de la chambre fermée à clé et toute une rangée de casseroles bloquant les deux escaliers.

Le mardi 6 août était un jour radieux. Après le

petit déjeuner, il vérifia le système de sonnerie et Carol l'accompagna quand il alla chercher une batterie. Avant de partir, il examina soigneusement la station-wagon. Chaque fois qu'ils devaient aller de la maison à la grange, ils se déplaçaient très vite. Et chaque fois Sam regardait la colline. Il était de plus en plus sûr que Cady était là. Et Cady ne devait pas être surpris de les voir courir.

Quand la sonnerie fut en état de fonctionner, ils mirent au point des signaux. Durant la journée, elle appuierait trois fois sur la sonnette, toutes les heures. Elle ne quitterait la chambre de Nancy que si c'était absolument nécessaire et le moins longtemps possible. Il était évident que Cady ne pourrait y pénétrer sans qu'elle l'entende. Au premier bruit suspect, elle appuierait sur la sonnette une seule fois, mais longtemps.

Ça ne ressemblait pas à un jeu. Ils ne ressentaient aucune excitation, ne se livraient à aucune plaisanterie. L'atmosphère était lourde et tendue. Ils ne se parlaient pas plus qu'il n'était nécessaire et évitaient de se regarder dans les yeux. C'était comme s'ils s'étaient lancés dans une aventure qui leur faisait honte.

— Je pense que nous sommes prêts maintenant, dit Sam.

— A combien de temps veux-tu que je te suive ?

— C'est la partie que je n'aime pas. Il ne faut pas que tu me suives de trop près, et d'un autre côté je ne veux pas te laisser seule plus longtemps qu'il ne le faut.

— Tout ira bien. C'est un risque à courir. Il est onze heures. Veux-tu midi pile ?

— D'accord.

Il la regarda, surpris de son courage. Elle lui prit le bras.

— Ce n'est pas si terrible en plein jour. Je serai très prudente et tout se passera bien.

Il l'embrassa rapidement. Ses lèvres étaient sèches et froides. Il attendit sur le seuil jusqu'à ce qu'il l'entende refermer la porte. Il fit sortir la M.G. en marche arrière, tourna rapidement et se dirigea vers le village. Il laissa la voiture au garage Barlow pour une révision complète. De là, il marcha jusqu'au nouveau supermarché au bout du village. Il acheta une torche électrique et la nourriture dont il avait besoin. Au fur et à mesure que l'heure se rapprochait sa tension augmentait. La sirène sonna midi. Une sueur froide l'inonda. A midi cinq, au moment où il commençait à devenir fou d'inquiétude, elle entra et s'arrêta un instant, l'aperçut et vint vers lui.

— J'ai rencontré Betty Hennis, dit-elle à voix basse. Il a fallu que je sois presque grossière pour m'en débarrasser. As-tu tout ce qu'il te faut? Montre-moi. (Elle fit quelques achats supplémentaires.) Il faut que nous restions un peu plus longtemps, mon chéri, dit-elle. Si je suis partie faire des courses, je ne peux pas rentrer si tôt. Et il faut que tu prennes de la lecture.

Il ne sut pas exactement à quel moment il changea d'avis. Il avait cru qu'ils pouvaient mettre leur plan à exécution, se débarrasser de Cady. Mais l'enjeu était si gros et il y avait tellement de choses qui pouvaient tourner mal. Il avait l'impression que s'ils réussissaient, leur monde serait transformé en une jungle dont ils ne pourraient plus s'échapper.

— Laisse-moi conduire, lui dit-il, comme ils se dirigeaient vers la voiture.

— Pourquoi? Que vas-tu faire?

— Je vais en ville. Nous allons en ville. Je vais essayer de convaincre le capitaine Dutton une fois de plus.

— Il n'a rien fait jusqu'à présent. Il ne fera rien, protesta-t-elle d'une voix tremblante. C'est inutile. Faisons comme nous l'avons décidé.

— Je veux essayer encore une fois. (Il sourit amèrement.) Mets ça sur le compte de mon respect de la loi et de l'ordre établi.

— Il ne fera rien de plus et il nous empêchera, nous, d'agir.

— Ne commence pas à pleurer.

— Mais nous allons nous retrouver au même point. Attendre, attendre et avoir peur.

Le capitaine Mark Dutton était sorti et ils durent attendre quarante minutes avant qu'il ne revienne. La salle d'attente était nue et déprimante. Les gens qui passaient par là, les regardaient avec curiosité. Carol avait un visage fermé et hostile.

Finalement un agent vint leur annoncer que Dutton les attendait.

CHAPITRE XI

Dutton les accueillit avec une politesse un peu ennuyée.

Ils prirent deux chaises en face de son bureau. Sam demanda :

— Avez-vous entendu parler de nos... ennuis ?

— Nous avons reçu un rapport et une demande d'informations du shérif Kantz. Il y a un mandat d'amener lancé contre Cady. A moins qu'il ne quitte la région, il ne restera pas en liberté très longtemps. Comment va votre fils ?

— Il va très bien. Nous avons eu de la chance.

— Combien de temps encore, aurons-nous de la chance ? laissa tomber Carol.

Dutton lui lança un coup d'œil scrutateur.

— Vos enfants sont-ils en sûreté ?

— Nous le pensons. Nous l'espérons du moins, dit Sam. Mais dans ce genre d'affaires, il n'y a pas de garantie. Cet homme est fou.

Dutton approuva.

— Après ce qui s'est passé, en admettant que ce soit lui qui ait tiré, c'est un qualificatif bien faible, monsieur Bowden.

Il écouta Sam lui raconter l'histoire de la roue, sans que son visage change d'expression.

— Tout ce que je puis vous dire est que j'espère que nous mettrons la main dessus rapidement. Je ne vois pas ce que je pourrais vous dire d'autre. Je fais passer cette affaire en priorité. Si vous pouviez être prudents... en attendant...

— Vous voulez que nous nous cachions ? dit Carol violemment.

— En un sens, oui, madame Bowden.

— Que nous nous cachions et que nous attendions, et quand il sera enfin recherché pour meurtre, l'affaire sera un peu plus en priorité.

— Un instant, madame Bowden. J'étais justement en train d'expliquer à votre...

Carol se leva.

— Il y a un peu trop d'explications pour mon goût. Je ne voulais pas venir ici. Je regrette d'être venue. Je savais que vous seriez compréhensif et raisonnable, capitaine Dutton. Que vous nous donneriez une petite tape amicale et que vous nous renverriez avec de bonnes paroles.

— Qu'est-ce que...

— Je suis en train de parler, capitaine Dutton. C'est à vous que je m'adresse, et je vous demande de m'écouter. Nous voulions essayer de tendre un piège à cet... animal. Je devais servir d'appât. Et nous allions nous fier au revolver que vous avez autorisé mon mari à porter. Je suis même étonnée que vous lui ayez permis ça. Et quand tout a été arrangé, il a éprouvé le besoin de venir vous voir. Et je savais que rien ne serait changé !

— Carol...

— Laisse-moi, Sam. Le monde est plein de petits hommes remplis du sentiment de leur importance et sans une once d'imagination ni de bonté. Continuez à rédiger vos petites circulaires de priorité, capitaine, et nous, nous allons rentrer et essayer de nous débrouiller tout seuls. A moins que vous ne puissiez trouver une loi qui nous interdise même d'essayer. Mes enfants sont menacés, capitaine, et si je peux tuer Cady, je le ferai avec joie avec un revolver ou un couteau. Viens, Sam.

— Asseyez-vous, madame Bowden.

— Je ne vois pas comment...

— Asseyez-vous !

Pour la première fois, la voix de Dutton était pleine d'autorité Carol se rassit. Dutton se tourna vers Sam.

— Comment aviez-vous l'intention d'attirer Cady chez vous ?

— Il y a pas mal de conditions. Si je peux me cacher dans la voiture et me glisser ensuite dans la chambre des enfants, dans la grange. S'il surveille vraiment notre maison. Si notre système de sonnerie fonctionne. S'il pense que Carol est toute seule et décide de l'attaquer. Si je peux faire feu sur lui et l'atteindre.

Dutton regarda Carol.

— Vous pensez qu'il surveille votre maison ?

— Oui, je crois, dit Carol. Ce n'est peut-être qu'une impression, mais je le crois vraiment. Nous sommes assez isolés là où nous sommes.

— Voulez-vous m'attendre un instant ? dit Dutton et il sortit rapidement de la pièce.

— Je suis désolée, mon chéri, dit Carol, la bouche tremblante.

— Tu as été magnifique.

— Je me suis couverte de ridicule. Mais il m'avait rendue si furieuse.

— Une vraie lionne.

Dutton resta absent quinze bonnes minutes. Quand il revint, il était accompagné d'un jeune homme d'une vingtaine d'années, bronzé et râblé avec des yeux bleus très doux et une lèvre qui essayait vainement de recouvrir des dents un peu trop proéminentes. Il portait une chemise blanche, un pantalon bleu marine et ses cheveux bruns avaient manifestement besoin d'une coupe. Un crayon jaune dépassait derrière une de ses oreilles. Il se tint à moitié au garde-à-vous pendant que Dutton allait s'asseoir.

— Je vous présente le caporal Kersek. Il a la bougeotte, il est célibataire. C'est un tireur de première classe et le travail qu'il effectue en ce moment aux communications l'ennuie à mourir. Andy, ce sont M. et Mme Bowden. Je l'ai libéré vis-à-vis du comté et de la police. Il était dans l'infanterie en Corée. Je peux vous le prêter pour trois jours, monsieur Bowden. Je lui ai expliqué la situation en gros. Mettez-le au courant des détails et acceptez ses suggestions relatives à des changements éventuels. Bonne chance. Et... monsieur Bowden...

— Oui?

Dutton sourit imperceptiblement.

— Vous avez une femme étonnamment efficace. Et d'une rare beauté, en plus.

Carol rougit, et dit en souriant :

— Merci, capitaine Dutton.

Ils discutèrent avec Kersek, dans une pièce juste assez grande pour contenir six chaises, une table et un radiateur. Sam lui raconta le plan originel et dessina un croquis approximatif de la maison, de la grange et du terrain avoisinant sur un bloc jaune. Andy Kersek, timide et gauche au début, devint plus loquace à mesure qu'il s'intéressait davantage au problème.

— A quelle distance se trouve la grange par rapport à la maison?

— A une trentaine de mètres.

— Je crois qu'il serait préférable que j'aille dans la cave. Je pourrais m'y installer quand il fera noir. Vous pourriez laisser une fenêtre ouverte, madame Bowden.

— Elle est très humide, cette cave, vous savez.

— Ça m'est égal.

Sam était content que Kersek ne mît pas en doute l'intention de Cady d'attaquer. Cela donnait un côté plus officiel à toute l'affaire.

Après qu'il eut décidé de l'équipement dont il avait besoin, ils l'accompagnèrent chez lui où il mit un vieux pantalon, une chemise sombre et des chaussures de tennis.

Avant d'arriver au village, Sam et Kersek se glissèrent à l'arrière de la station-wagon et se couvrirent avec une couverture poussiéreuse. Sam reconnaissait le moindre tournant de la route. Quand ils arrivèrent dans la grange, la lumière qui filtrait à travers la couverture diminua, et le moteur résonna plus fort avant que Carol coupe le contact. Elle ouvrit la porte et prit le sac de provisions.

— Fais bien attention, lui souffla Sam.

Elle acquiesça de la tête, les lèvres serrées. Kersek et lui s'extirpèrent de la voiture en se tenant en retrait de la fenêtre, la regardèrent courir sur la pelouse verte de la maison, dans le soleil couchant avec cette grâce si particulière, si chère à Sam. Il se retourna et vit Kersek écoutant, la tête penchée.

— Que se passe-t-il?

— Il pourrait être à l'intérieur, à l'attendre. Elle aurait le temps de pousser un cri?

Sam se maudit de ne pas avoir pensé à cela. Ils restèrent silencieux à écouter. Le bruit de la sonnette les fit sursauter tous les deux : trois coups brefs.

— Tout va bien, dit Sam, rasséréné.

Il grimpa rapidement l'échelle et répondit. Il était juste quatre heures. Kersek l'aida à transporter ses affaires en haut et à s'installer. Kersek laissa ses provisions au pied de l'échelle. Ils s'assirent sur le vieux lit de camp de l'armée, entouré de jouets cassés, de maquettes inachevées et d'images découpées dans des magazines et collées au mur. Ils parlèrent à voix basse. Sam raconta à Andy Kersek toute l'histoire de Cady.

L'unique fenêtre mansardée donnait sur la maison et, de l'endroit où il était, Sam voyait les fils électriques qui s'entrecroisaient et remontaient, pénétrant dans la maison par le trou percé dans l'encadrement de la fenêtre de Nancy. Il voyait aussi un morceau de la colline derrière la maison, mais il n'essaya pas d'en voir davantage, ne voulant pas approcher son visage trop près de la fenêtre.

Carol sonnait ses trois coups brefs toutes les heures. Une fois épuisé le sujet Cady, Kersek parla de la Corée. Ils lurent tous les deux pendant un moment, Kersek prenant au hasard des *comics* dans la grosse pile poussiéreuse rangée dans un coin. Et finalement, il fit trop sombre pour lire et trop sombre pour fumer.

Carol envoya son signal à neuf heures et à dix, et Kersek enveloppa la sonnette, craignant que le son ne se propage trop loin dans le grand silence de la nuit.

— Il est temps d'y aller, dit Kersek, redevenu timide.

Il tendit la main à Sam qui la serra.

— Je ne veux pas qu'il lui arrive quelque chose, dit Sam.

— Il ne lui arrivera rien.

La voix de Kersek était rassurante et confiante.

Sam le suivit sur l'échelle, tâtonnant pour trouver son chemin. Kersek disparut dans la nuit. Sam essaya de le suivre des yeux mais n'y parvint pas. Kersek avait noirci sa figure et ses vêtements étaient sombres et il avançait avec l'aisance d'un homme bien entraîné.

La faible lumière, visible à la fenêtre de Nancy, s'éteignit à dix heures trente. Il essaya de dormir, mais n'y parvint pas. Il écouta les bruits de la nuit d'été, le chœur des insectes, l'aboiement des chiens dans le lointain, les rares voitures qui passaient sur la route, et les camions attardés.

Les premières lueurs de l'aube l'éveillèrent et il tira le lit, l'éloignant de la fenêtre. Il n'y eut pas de signal à six heures et il résista à la tentation d'en envoyer un lui-même. Les minutes passèrent, lentement. L'heure entre six et sept lui parut interminable. Il n'y eut pas de signal à sept heures. La maison paraissait silencieuse et comme morte. Ils étaient probablement à l'intérieur, morts, tués pendant qu'il dormait. A sept heures cinq, il n'y tint plus, envoya le signal et attendit, la bouche sèche et le cœur battant. Comme il étendait la main pour recommencer, il entendit la réponse. Il respira profondément et immédiatement se repentit de l'avoir réveillée. Elle avait tellement besoin de sommeil.

Il mangea. Le matin se traîna, interminable. Un représentant s'arrêta devant la maison et vint sonner à la porte. Il attendit quelques minutes avant d'abandonner et de repartir. Un chat brun et blanc guettait un oiseau sur la pelouse, les oreilles droites, le corps ramassé, prêt à bondir. Il sauta et le manqua, le suivit des yeux dans l'orme pendant un moment, puis se lava avec soin et fila, poursuivi par les cris moqueurs des oiseaux.

Vers midi l'inquiétude de Sam au sujet des enfants était parvenue à son paroxysme. Si Cady avait découvert, par Dieu sait quel... Mais Carol avait promis de les appeler deux fois par jour et si quelque chose s'était passé, elle serait accourue.

Il ne se souvenait pas d'avoir passé une journée aussi longue. A six heures le soleil se cacha derrière un banc de nuages à l'ouest de la maison et la nuit tomba plus vite que d'habitude. Elle envoya son dernier signal à dix heures et sa lumière s'éteignit peu après.

Rêve embrumé dans un profond sommeil, rêve interrompu par cette sonnerie aiguë. Et il essaya d'attraper le réveille-matin qui n'était pas là et soudain s'assit dans le noir le plus complet tellement abruti de sommeil que pendant de longues et précieuses secondes, il ne sut pas où il se trouvait ni pourquoi son cœur battait la chamade.

Quand il se rendit compte, il roula à bas du lit et essaya de ramasser le revolver et la torche. Son corps était engourdi par le sommeil et il fit rouler la torche loin de lui, puis la retrouva dans le noir. Il descendit précipitamment par la trappe, trouva les barreaux de l'échelle du bout des pieds. Il n'avait pas soupçonné combien il lui serait difficile de descendre dans l'obscurité, encombré d'un revolver et d'une torche.

Son pied glissa et quand il essaya de se rattraper, sa main glissa aussi. Il tomba et atterrit le pied droit en porte à faux. Il avait fait une chute de deux mètres cinquante et de tout son poids sur sa cheville droite. Il bascula lourdement, faillit s'évanouir de douleur, buta contre une roue de la voiture et roula dans le noir, les mains vides, ayant complètement perdu le sens de la direction. Il se releva à quatre pattes, grognant de douleur et il réalisa que le signal s'était tu. Il tâtonna, essayant de remettre la main sur le revolver et la torche.

Quand enfin il eut celle-ci en main, il appuya sur le bouton, mais elle ne s'alluma pas. A ce moment il entendit un cri empreint d'une telle terreur qu'il sembla arracher un lambeau de son cœur et l'aboiement sourd et pourtant sec du Woodsmann retentit deux fois.

Il sanglotait de peur, de douleur et de désespoir. Il trouva le revolver à tâtons et essaya de se relever. Quand il appuya sur sa cheville, il retomba de nouveau ; il rampa alors jusqu'au mur et là, s'arc-boutant, réussit à se mettre debout. Juste à ce moment-là il entendit le second cri retentir dans le silence de la nuit, aigu comme un fil d'argent étiré à l'extrême, puis mourir et faire place à un silence pire que le cri lui-même.

Il trouva, il ne sut jamais où, la force de marcher puis de courir à l'aveuglette. La nuit était noire comme de l'encre. Il sentit une pluie fine sur son visage. Il avait l'impression de courir dans l'eau qui lui arrivait à mi-poitrine. Son pied droit retombait lourdement et chaque fois qu'il pesait dessus, il avait l'impression de s'enfoncer jusqu'à la cheville dans des charbons brûlants.

Il s'affala sur les marches du perron, se releva péniblement, trouva la porte et s'aperçut avec désespoir qu'elle était fermée, qu'il n'avait pas la clé et qu'il lui faudrait une éternité pour faire le tour de la maison et découvrir l'endroit par où Cady était entré. C'était encore une éventualité qu'ils n'avaient pas envisagée. Mais où donc était Kersek ?

A ce moment précis, il entendit un son qui devait provenir d'une gorge humaine, mais qui ne ressemblait en rien à aucune des voix qu'il lui avait été donné d'entendre. C'était un grognement, un rugissement, plein de colère, de fureur et de frénésie bestiale. Il y eut un coup de feu provenant d'une arme plus lourde que le Woodsmann, un bruit qui fit trembler les vitres. Puis, il y eut un énorme fracas et le bruit mat d'une chute dans l'escalier, entraînant le système de protection de Carol, toutes les casseroles et les pots. Une secousse ébranla toute la maison.

Avant qu'il ait pu bouger, la porte d'entrée s'ouvrit et une silhouette qu'il ne put qu'entrevoir, large et massive et incroyablement rapide, se précipita au-dehors, buta contre lui et l'envoya valser en arrière. Il eut l'impression de flotter un instant, puis atterrit brutalement sur le dos dans l'herbe mouillée. Le choc lui coupa le souffle. Il avait gardé le revolver à la main. Il réussit à se mettre sur les genoux en roulant sur lui-même ; encore suffoqué, il entendit le bruit d'une course sur le gazon. Il vit quelqu'un qui courait vers le coin de la maison. Il fit feu trois fois, au jugé, sans viser.

Il se remit sur pied et courut en titubant jusqu'au coin de la maison. Il haletait, mais il réussit à retenir sa respiration pour écouter. Il entendit quelqu'un avancer avec une hâte frénétique, se frayant un chemin à travers les broussailles de la colline derrière la maison. Il tira deux fois dans cette direction, prêta l'oreille de nouveau et entendit le bruit s'éloigner, devenir de plus en plus faible pour cesser complètement.

Quand il voulut revenir, sa cheville céda de nouveau et il tomba contre le mur, se cognant la tête. Il marcha à quatre pattes, franchit la porte maintenant ouverte, trouva l'interrupteur et alluma.

Une plainte faible parvint à ses oreilles, une plainte exprimant la peur, la douleur et le désespoir, si semblable à la plainte qu'il avait entendue il y avait si longtemps à Melbourne qu'il sentit son cœur s'arrêter. Le son continua pendant qu'il grimpait les escaliers sur les genoux. A mi-chemin, il jeta son revolver, désormais vide. Quand il atteignit le premier étage, il alluma. Kersek était étendu sur le palier, devant la chambre de Nancy. La porte était ouverte. La plainte venait de l'intérieur de la pièce. Kersek bloquait le passage. Son arme était par terre, à côté de lui. Sam fut obligé de ramper par-dessus lui, le moins brutalement possible. Il appuya sur l'interrupteur de la chambre de Nancy. La table de chevet était renversée, la lampe cassée. Carol était étendue sous le lit, recroquevillée. Elle était vêtue de son seul pantalon de pyjama, le haut tenait par une seule manche, déchirée. Il y avait deux profondes éraflures saignantes sur son dos. Elle geignait doucement pendant qu'il rampait vers elle. Quand il essaya de la tirer de dessous le lit, elle se débattit, les yeux obstinément fermés.

— Carol, dit-il à haute voix. Carol, ma chérie.

La plainte continua, puis s'arrêta. Elle ouvrit les yeux avec précaution et quand elle se retourna, il aperçut sa joue horriblement tuméfiée.

— Où étais-tu ? murmura-t-elle. Mon Dieu, où étais-tu ?

— Comment te sens-tu ?

Elle s'extirpa de dessous le lit, et s'assit, enfouissant son visage dans ses mains.

— Il est parti ?

— Oui, ma chérie. Il est parti.

— Mon Dieu !

— Est-ce que tu vas bien ? T'a-t-il... blessée ?

— Il était comme une bête, dit-elle d'une voix entrecoupée. Et il sentait comme une bête aussi. Je n'avais rien entendu. Juste une sorte de grattement près de la porte. J'ai trouvé la sonnette et j'ai appuyé une fois; alors j'ai pris le revolver et il a bondi dans la pièce, enfonçant la porte, comme si ça avait été du papier, j'ai fait feu et j'ai hurlé et je me suis débattue. Il m'a frappée.

— T'a-t-il... fait quelque chose?

Elle fronça les sourcils, comme si elle essayait de se concentrer.

— Oh, je vois ce que tu veux dire. Non. Il allait le faire. Mais là... Andy est arrivé. (Elle essaya de regarder derrière lui.) Où est Andy?

— Mets ta robe de chambre, mon ange.

Elle eut l'air de se ressaisir avec un grand effort.

— Je me suis effondrée. Je n'ai jamais eu aussi peur de ma vie. Mais où étais-tu? Pourquoi n'es-tu pas venu?

— Je suis tombé, dit-il, et il repartit en rampant vers le palier.

Kersek respirait d'une façon saccadée. Du sang coulait de sa bouche. Le manche de cuir d'un couteau de chasse émergeait de son côté droit, juste au-dessous de l'aisselle. Son nez était pincé.

Sam se traîna de nouveau jusqu'à sa chambre, se hissa sur le lit et prenant le téléphone il appela le standardiste.

— Ici, Sam Bowden, dit-il, Milton Hill Road. Envoyez un docteur immédiatement avec l'ambulance et la police. C'est un cas d'urgence. Dites-leur de se presser.

Cinq minutes plus tard, il entendit la première sirène hurler dans la nuit.

CHAPITRE XII

Après s'être occupé de Kersek que l'ambulance emmena, le docteur Allison soigna les plaies de Carol. Aussitôt qu'elle fut dans son lit, il lui fit une piqûre de Demerol qui la fit sombrer dans le sommeil trente secondes plus tard.

Il constata que la cheville de Sam était foulée et non cassée, il lui injecta de la novocaïne, et la banda très serré.

— Essayez de vous mettre debout.

— Ça ne me fait plus mal, fit Sam surpris.

— Ne vous en servez pas trop. Mais marchez tout de même un petit peu. Vous avez eu une drôle de nuit !

— Et le policier ? Kersek ?

Allison haussa les épaules.

— On ne peut pas savoir. Il est jeune et en bonne condition physique. Il a eu un choc. Tout dépend de la longueur de la lame. Il vaut mieux la retirer sur une table d'opération. Je dois partir maintenant. La police vous attend.

Quand il descendit, évitant de fatiguer sa cheville, le capitaine Dutton était là. Il parlait à voix basse à un gros homme revêtu d'une veste de cuir et d'un pantalon informe.

Dutton fit un signe de tête assez froid.

— Voilà le capitaine Ricardo, monsieur Bowden, dit-il. Je suis en train de le mettre au courant.

— J'ai parlé au capitaine quand il est arrivé, répondit Sam.

— Comment va Mme Bowden ?

— Mieux. Le docteur Allison lui a fait une piqûre. Il dit qu'elle sera encore un peu abrutie demain, mais reposée. (Sam alla s'asseoir.) Il faut que je ménage cette cheville le plus possible.

— Apparemment Kersek et vous ne vous êtes pas trop bien débrouillés ! dit Dutton.

Sam le regarda.

— Sans ma femme et son petit sermon, je me serais débrouillé tout seul et les dégâts auraient été sensiblement plus importants, capitaine Dutton.

Dutton rougit et demanda :

— Comment étiez-vous installés ?

— J'étais dans la grange, en haut avec un système d'alarme en place de manière qu'elle puisse m'appeler. Kersek était dans la cave. Les escaliers étaient barrés. Je me demande par où il est entré.

— Nous avons fini par trouver, dit le capitaine. Il a grimpé sur le toit, près de l'entrée de la cuisine, et il a découpé une vitre à la fenêtre du palier du haut et forcé le verrou.

Sam hocha la tête.

— Et c'est pour cela que Kersek ne l'a pas entendu. Et il n'a pas entendu le bruit de la sonnette non plus. Le premier son qui l'ait frappé a été le cri de Carol et les deux coups de fusil qu'elle a tirés.

— Deux ? demanda Ricardo. Vous êtes sûr ?

— A peu près certain !

Ricardo se tourna vers Dutton.

— Nous avons trouvé deux balles de 22 long rifle, une dans l'encadrement de la porte à hauteur de poitrine, l'autre dans le plâtre de l'autre côté du palier à deux mètres de haut. Et une cartouche de trente-huit dans la plinthe sur le palier. Elle a frappé contre un angle et fait sauter un grand éclat de bois.

— J'étais sûr que Kersek se montrerait à la hauteur.

Ricardo se gratta l'oreille.

— Affronter un dur est une chose et affronter un fou en est une autre. Il faisait sombre dans l'escalier. Votre homme ne connaissait pas la disposition des lieux et ne savait pas où se trouvaient les interrupteurs. Et il essayait d'aller vite. Ce Cady est probablement sorti de la chambre comme une bombe.

— J'ai tiré également sur lui, dit Sam.

— Avec le revolver que nous avons trouvé dans l'escalier?

— Oui.

— Où, et combien de fois?

— Trois fois devant la maison. Il m'a bousculé. J'étais sous le porche. Il courait vers le coin de la maison. Puis je l'ai entendu escalader la colline et j'ai tiré au petit bonheur de loin. Mais il a continué à courir. Je l'ai entendu.

Quand le téléphone sonna, un des hommes de Ricardo alla répondre et revint, disant que c'était pour le capitaine Dutton. Dutton écouta un moment, répondant par monosyllabes et raccrocha. Quand il se retourna, son visage paraissait plus vieux, ses yeux étaient gonflés et amers.

— Nous ne saurons jamais comment il s'est laissé avoir. Il n'a pas tenu le coup. Il est resté sur le billard.

— Je suis navré, dit Ricardo.

— Quels sont vos projets?

— Ce n'est pas une région facile à passer au tamis. Trop de petites routes. Et peut-être n'avons-nous pas commencé assez tôt. Je ne sais pas. Mais nous avons fait des barrages. Nous ne pouvons pas nous servir des chiens parce que nous n'avons rien à leur donner à sentir. J'ai envoyé une demi-douzaine de gars en plus qui viendront faire leur rapport dans une demi-heure. Aussitôt qu'il fera jour, nous nous déploierons et monterons sur la colline et tâcherons de retrouver la trace. Un de mes gars est très fort là-dessus. On peut espérer que M. Bowden l'a égratigné et s'il ne l'a pas fait, on peut espérer que nous arriverons à bloquer la région assez vite.

— Et au cas où nous n'y arriverions pas, que diriez-vous d'une alarme générale?

Ricardo acquiesça.

— Oui. Dans six États. D'accord. Et la presse? Mes hommes les ont tenus éloignés jusqu'ici.

Dutton se mordit les lèvres.

— Il y a un flic de tué. Donnons le plus de publicité possible à cette histoire. (Il regarda Sam.) Ils veulent une interview. Voulez-vous que je m'en occupe?

— S'il vous plaît.

— Je vais le faire tout de suite, dit Dutton. Plus vite nous les verrons, plus ils seront compréhensifs.

Il sortit par la porte d'entrée, se dirigeant vers la grange près de laquelle brillaient des lumières et où s'élevait un brouhaha de voix. Ricardo installa son grand corps sur une chaise et alluma une cigarette avec soin, examinant le bout rougeoyant.

— Il y a des gens qui sont venus tout à l'heure et mes hommes les ont renvoyés. Ils s'appellent Turner. Ce sont de bons amis?

— Nos meilleurs amis!

— Je crois qu'il faudrait quelqu'un pour rester auprès de votre femme. Mme Turner ferait l'affaire ?

— Oui.

Ricardo se leva.

— Où habitent-ils?

— La maison d'à côté. Merci.

— Je vais envoyer un homme la chercher.

Il sortit. Sam se retrouva tout seul dans le living-room. Il se sentait complètement vidé. Il pensait et repensait à tout ce qu'il avait fait de travers. Un vrai numéro de cirque. Tombé de l'échelle. Incapable d'entrer dans la maison. Un homme d'action en vérité. Il n'arrivait pas à réaliser que Kersek était mort. Kersek, fort, compétent, efficace. Mais en mourant il avait empêché l'impensable de se produire. Il n'était pas mort pour rien.

Liz Turner arriva en courant. C'était une grande blonde qui cachait des trésors d'énergie derrière une façade un peu anémique.

— Mon Dieu, Sam. Nous étions fous d'inquiétude. On avait l'impression qu'une guerre avait éclaté dans le coin. Le temps de nous habiller et d'arriver, nous avons été refoulés par la troupe. L'homme qui est venu me chercher m'a raconté qu'un agent avait été tué et que vous étiez sains et saufs tous les deux. Comment va Carol? Où est-elle?

— Allison lui a fait une piqûre de Demerol. Elle dort, mais je ne sais pas pour combien de temps. J'ai pensé que si ça ne vous...

— Bien sûr. Je vais rester avec elle. Dans votre chambre à coucher? Je monte. Est-ce que c'est l'homme dont Jamie avait parlé à Mike? Celui qui avait empoisonné Marilyn?

Il acquiesça. Elle le regarda un instant, puis se précipita dans les escaliers, montant les marches quatre à quatre. Il entendit un bruit de voiture. Il se leva et s'approcha de la fenêtre. Des agents en uniforme allaient et venaient dans la lumière des phares. Le jour commençait à poindre à l'est. La pluie avait cessé et les arbres ruisselaient.

Ricardo vint chercher Sam pour qu'il leur montre l'endroit où il se trouvait quand il avait tiré vers la colline et leur indique d'où venait le bruit qu'il avait entendu.

— Tout est prêt, monsieur Bowden. Aussitôt qu'il fera assez clair pour voir les traces, nous partons. Je prends dix hommes et nous nous éparpillons. Dutton est retourné à New Essex. Je ne pense pas que cet individu revienne par ici, mais je vais laisser un homme de toute façon. Et voilà votre revolver. Il est rechargé.

Comme Sam prenait le revolver, un flash éclata, et Ricardo se retourna, furieux.

— Qu'est-ce que je vous ai dit à vous autres journalistes ?

— Oh, soyez gentil, capitaine. Pour une fois qu'on arrive avant la télévision. Tous les services de presse vont sauter sur cette histoire. Une interview exclusive, monsieur Bowden ? Je m'appelle Jerry Jacks.

— Pas maintenant, répondit Sam et il revint lentement vers la maison.

Derrière lui, il entendit Ricardo renvoyer Jacks vers la grange. Il regarda le départ de la fenêtre de la cuisine, vit la rangée d'hommes escalader la colline, la main sur la détente du fusil. Il suivit des yeux leur progression. Le soleil était levé. Il monta dans la chambre à coucher. Liz lui sourit, un doigt sur les lèvres. Carol respirait lentement et profondément, son visage tuméfié détendu, les lèvres entrouvertes. Liz posa son magazine et sortit sur le palier avec lui.

— Elle n'a pas bougé, chuchota-t-elle.

— Ce n'est pas drôle pour vous.

— Ça m'est complètement égal.

Une fois redescendu, il se sentit trop nerveux pour s'asseoir et attendre. Il sortit par la porte de la cuisine et s'assit sur les marches. Le soleil était déjà assez haut pour réchauffer ses mains et sa figure.

Dans le silence du matin, il entendit leurs voix avant de les voir. Ils avaient choisi un chemin facile d'accès, celui qui passait près de leur champ de tir improvisé, près du tombeau de Marilyn, et aboutissait derrière la grange.

Il s'avança. Quatre policiers portaient maladroitement un brancard de fortune. Ils avaient coupé deux jeunes arbres et les avaient taillés et passés dans les manches de deux tuniques d'uniforme. Sam les attendit en bas. Quand ils atteignirent le plat, ils posèrent la litière pour souffler un peu. Cady était étendu sur le dos. Ses traits grossiers étaient étrangement tirés et il était blafard. Les yeux à demi ouverts étaient deux fentes de verre bleu opaque. De toute sa vie, Sam n'avait jamais vu un corps qui ait l'air aussi mort. Quand ils reposèrent le brancard, Cady bascula par-dessus bord et tomba lentement et pesamment à plat ventre dans l'herbe mouillée. Un flash partit.

— Il était arrivé à mi-chemin de sa voiture, dit Ricardo. C'était plus facile de le descendre que de le monter. La voiture était cachée derrière ce chemin là-haut, dans les broussailles. Il y avait un fusil avec un télescope, de l'alcool et de quoi manger. Un de mes hommes ramène tout ça.

— Vous avez été obligé de lui tirer dessus?

Ricardo le regarda.

— Nous n'avons eu qu'à le redescendre. Nous avons commencé à trouver du sang à mi-hauteur de la colline. Beaucoup de sang. Regardez ses vêtements. Une de vos balles a dû l'atteindre, une des deux dernières. Elle a déchiqueté son bras droit à l'intérieur, juste au-dessous de l'aisselle . Sectionné une artère. Il a grimpé encore cent mètres avant de s'arrêter, vidé de son sang.

Sam regarda le corps, pendant qu'ils le remettaient sur la civière. Une parcelle d'herbe était restée collée à ses lèvres. Il avait tué un homme. Il s'interrogea, cherchant un sentiment de culpabilité, de honte. Et il ressentit seulement une satisfaction sauvage, le sentiment fort et primitif d'avoir rempli son rôle. La morale et les bons instincts apportés par la civilisation cédaient le pas à une exultation intense devant la mort d'un ennemi.

— Je vais le faire emmener dès que possible, dit Ricardo. Passez nous voir demain si vous pouvez. Les papiers seront prêts, vous n'aurez qu'à signer.

Sam acquiesça et repartit vers la maison. Il fit une dizaine de pas, s'arrêta et se retourna pour les regarder. Il contempla aussi le corps comme ils soulevaient la civière et dit d'une voix sans timbre :

— Merci.

Il voulait monter au premier, mais une faiblesse soudaine l'envahit. Il se laissa tomber sur une chaise, inerte. Il entendait Jerry Jacks parler au téléphone. Il savait qu'il aurait dû être furieux contre lui, parce qu'il s'était glissé dans la maison, mais cela lui paraissait sans importance...

— C'est ça. Mort. Et c'est Bowden qui l'a tué. C'est Bowden qui l'a tué.

Sam Bowden qui aurait voulu renverser sa tête et hurler sa joie vers le ciel, qui aurait aimé danser autour du corps et chanter la défaite de son ennemi.

Quand il se sentit plus fort, il grimpa les escaliers pour attendre le réveil de Carol et la prévenir. Puis il irait dormir et ensuite partirait chercher les enfants.

CHAPITRE XIII

Le jour de la fête du travail, la famille Bowden au complet avec Tommy Kent comme invité d'honneur faisait sa dernière traversée de l'année jusqu'à l'île sur le « Sweet Sioux ».

La journée était chaude et ensoleillée et une petite brise soufflait sur le lac. Ils avaient déjeuné à midi. A deux heures, les enfants étaient en train de se baigner. Sam était assis en slip de bain, sur une couverture, ses bras reposant sur ses genoux pliés, une cigarette et une bouteille de bière à la main. Carol était étendue sur le dos à côté de lui.

Elle poussa un petit grognement ensommeillé et se retournant sur le ventre, dégrafa son soutien-gorge en disant :

— Mets-moi un peu d'huile, vieux frère.

Sam reposa sa bouteille de bière, mit sa cigarette en équilibre dessus, déboucha le flacon de lotion, en versa un peu dans le creux de sa main, et frotta le dos net, brun et sinueux de Carol. La plus merveilleuse des femmes, pensa-t-il. Faite de grâce et d'esprit, de fierté et de délicatesse. Et une fois de plus, il repensa au sort affreux qui avait failli être le sien. Un esprit plus terne aurait pu survivre à cet attentat sans trop de dommage, mais pas Carol.

Cela l'aurait brisée complètement et pour toujours. Songeant à quel point elle avait échappé de justesse au désastre, il sentit les larmes lui monter aux yeux, brouillant l'image de Carol.

— Hummm, fit-elle reconnaissante, comme il refermait la bouteille.

— Je suppose que tu es trop paresseuse pour aller à l'eau ?

— Hm ! Hm !

— J'ai été volé, dit-il d'un air sombre. Quand je t'ai achetée sur le marché d'esclaves à Nairobi, le vendeur m'avait dit que tu travaillerais comme une mule, jusqu'à épuisement. Tu avais l'œil clair, la chair ferme. Et toutes tes dents.

— Le prix était honnête, dit-elle rêveusement.

— Mais ils m'ont volé.

— Tu te souviens des conditions ? On ne peut pas rendre la marchandise.

— Je songe à te revendre.

— Trop tard, ces années d'esclavage pour toi m'ont transformée en vieille sorcière, maître.

Il soupira.

— Je pense que tu pourras encore me servir pendant quelques années.

— Ha ! Ha !

Il envoya sa bouteille de bière dans le lac et la regarda s'éloigner, poussée par le vent. Il admira Nancy qui se faufilait jusqu'à l'avant du bateau et, ravissante de grâce, exécutait un plongeon impeccable.

Carol referma son soutien-gorge et s'assit.

— Je vais peut-être aller me baigner. Tu m'as donné mauvaise conscience, espèce de porc. Que fais-tu donc, toi ? Tu lampes de la bière et tu te répands en remarques désobligeantes.

— Va nager. Moi, j'attends un peu.

Il la suivit des yeux, pendant qu'elle descendait vers le lac, enfermant ses cheveux dans un bonnet de bain blanc. Elle se jeta à l'eau et s'éloigna, nageant un crawl efficace et élégant. Sam se porta un toast à lui-même, sortant une bouteille de bière fraîche de la glacière et se dit : C'est un moment inoubliable. Aujourd'hui à cette heure et à cette minute, j'ai maîtrisé définitivement cette ombre menaçante : Cady. Je suis de nouveau moi-même.

Carol revint dégoulinante d'eau et légèrement essoufflée et réclama une bière pour elle. Elle s'assit près de lui et but. Puis elle lui jeta un coup d'œil de côté, la tête légèrement inclinée.

— Tu as de nouveau l'œil songeur.

— Au lieu d'être vide et stupide, comme d'habitude?

— Qu'est-ce qu'il y a?

— Cady.

Son visage s'assombrit.

— Je voudrais bien que tu ne fasses plus ça. Moi, je l'ai enfermé dans un petit coin de mon esprit et toi tu le sors tout le temps et tu l'agites devant mes yeux.

— C'est toi qui m'as demandé. J'étais en train d'essayer d'analyser le changement. Tu tues un homme, tu devrais changer. Je ne sais pas comment. S'endurcir peut-être. Devenir moins sentimental. En tout cas, ne plus être un aimable crétin lâché dans l'existence.

— Il y a un changement.

— Lequel?

— Chez moi. Moi, j'ai changé. Je ne suis plus une idiote qui ne s'occupe que de son petit univers, Sam. Je croyais qu'être heureuse et élever mes enfants était mon droit le plus absolu, mon héritage inaliénable. C'est ce que je croyais, Sam, j'avais une conviction enfantine, j'étais sûre que ce monde était fait pour que je sois heureuse.

— Et il n'est pas fait pour ça ?

— Si, mais avec beaucoup de chance, mon chéri. Avec une chance inouïe. Il y a des ombres noires dans ce monde, Cady en était une. Une plaque de glace, dans un tournant, peut en être une autre, un microbe, aussi.

— Je sais tout ça, mon amour.

— Je crois que je suis devenue plus forte et plus brave, je l'espère du moins. Parce que je sais maintenant que tout ce que nous possédons est fragile, en équilibre sur une trame délicate d'incidences et de coïncidences. (Elle rougit et se tourna vers lui.) A toi, maintenant.

Sam but un peu de bière et regarda au loin.

— Mon tour. Bon. Tout ce que tu as dit avec quelque chose en plus. C'est exactement une convalescence après une maladie grave. Le monde vous apparaît neuf et frais. J'ai l'impression de revivre. Et je veux rester comme ça. Je crois que je commençais à me prendre au sérieux. J'idéalisais ma profession. Maintenant je sais que c'est un outil. Comme les autres. Si tu l'utilises sagement il te sera utile. C'est tout. (Il se tourna vers elle.) Betty Lou, demanda-t-il, avez-vous pensé sérieusement à avoir un bébé ?

Il vit la soudaine gravité de son visage, son air pensif et sut qu'elle avait pris une décision à la minute même.

— J'aimerais bien, mais, mon Dieu, je vais regarder sous les choux tous les matins et il n'y a jamais rien.

— Betty Lou, ce n'est pas exactement la manière de s'y prendre !

— Oh, chez nous à la campagne, on n'est pas au courant des dernières méthodes.

Il l'embrassa sur la bouche.

— Ça commence un peu comme ça !

— Vraiment ? Oh alors, je crois que ça va me plaire.

Il lui sourit et elle lui rendit son sourire.

— Viens nager, femelle impudique !

— Samuel, l'eau froide te fera du bien !

Ils avancèrent vers l'eau la main dans la main, mari et femme, un couple de banlieusards, jeunes et beaux, paisibles et civilisés, sans stigmates visibles laissés par la violence et la terreur.

Il nagea vers le large à son côté, puis s'immobilisa et lui sourit avec tendresse. Et brusquement, il lui enfonça de toutes ses forces la tête sous l'eau avant de se sauver en battant frénétiquement des pieds, sous les cris de joie des enfants qui encourageaient leur mère à le poursuivre.